CONTENTS

CROSS NOVELS

CONTENTS

Presented by KAORI SHU with HACHI UEHARA

僕のDomを
見せつけても
いいですか？

秀 香穂里

Illustration
ウエハラ 蜂

CROSS NOVELS

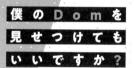

序章

ゆらりと揺れる影。
なんだろうと目を細めたが、影の形はぼんやりとして捉《とら》えどころがない。
薄く、濃く。影の濃淡が刻々と変わるのをただ黙って見つめていた。
そのうち、くぐもった声が遠くから聞こえてきた。
『――おまえは……』
おまえは？
僕のことだろうか。
反芻《はんすう》するものの、どこか他人事のようにも思える。
『おまえは――Ｄｏｍ《ドム》だ』

『Ｄｏｍ……』
『そうだ。Ｄｏｍだ。いいか、そのことを忘れるな』
『はい……』
答える声は自分のものだ。と思うが、いささか自信がない。
この声はほんとうに自分のものだろうか。
視界は靄《もや》のような白い膜に覆われていて、その向こうで影が揺れている。
影が近づいてきて、もう一度囁《ささや》いた。
『おまえはＤｏｍだ。いつなんどきもそのことを忘れるんじゃない』
『……はい。僕は、……Ｄｏｍです』
『そうだ。Ｄｏｍだ。それだけを覚えていればいい』
強く言い聞かせる声は一瞬途切れたあと、幾分かのためらいを含ませた。
『……けっしてＳｕｂ《サブ》ではない。おまえはＤｏｍだ。Ｄｏｍだ。Ｄｏｍだ』
『Ｓｕｂではなく――Ｄｏｍ』
『そうだ。おまえはＤｏｍだ。それ以外の何者でもない』
影は濃さを増し、視界を覆い尽くす。
怖いような、それでいて安堵《あんど》するような、不可思議な気分に襲われる。

『閉じ込めておけ。その胸に』

声が響き、瞼《まぶた》を閉じた。

そこでふとしたことに気づいた。

これは――夢だ。

夢の中で眠ろうとしている。そのおかしさについて思考を巡らせたかったが、集中できない。

襞《ひだ》が折り重なるように、揺れる記憶の中に先ほどの声が染み込んでいく。

――おまえはＤｏｍだ。

花泉蓮《はないずみれん》は己に言い聞かせる。

……そうだ。僕は、Ｄｏｍだ。それ以外の何者でもない。

第一章

目が覚めたとき、頭のうしろが幾らか鈍く痛んだ。なんとなく嫌な夢を見た気がする。

記憶の端っこに引っかかる影を落とすかのように蓮は二度三度頭を振り、ベッドから下り立った。まだどこかぼんやりした意識でサニタリールームに向かい、水で顔を洗う。

ついでに寝癖《ねぐせ》のついた髪も水で濡らし、バスタオルで強めに拭《ぬぐ》えばなんとか頭がはっきりしてくる。

「なんか……変な夢を見たな」

鏡の中の自分に問いかけ、蓮は湿った髪を整えた。

漆黒《しっこく》の髪はやわらかく、すぐに癖がついてしまう。切れ長の目は髪と同じ濃い黒、通った鼻筋に薄めのくちびると、ひとつひとつのパーツが整っていて、ひとからよく褒めそやされる。

とはいえ蓮自身は二十五年間見続けてきた顔だから、いまさらなにを思うでもない。透明感のある象牙色《ぞうげいろ》の肌を丁寧にタオルで拭い、ひと息ついたところでキッチンへと足を運び、モーニングコーヒーを淹れることにした。

朝十時。けっして早い時間帯とはいえないが、いつも蓮が目を覚ますのはこの時刻だ。キッチンから続くダイニングルームに七月のまばゆい陽射しが細く入り込んでいる。梅雨の晴れ間らしい。電気ケトルが湯を沸かしている間、黄色のカーテンを開けに行った。

ざっと開くと、きらきらした夏の光が視界に飛び込んできて、思わず目を細めた。

三十階建てのタワーマンション、蓮の住む部屋は二十七階だ。東京下町にあるタワマンだけにあたりにさして高層ビルはなく、目に入るのは平たい世界。

ちまちまと並ぶ家屋のひとつひとつを視認することができない高さだ。目を転じれば都心のビルがぎっしり詰まっている。

カチン、と電気ケトルが湯沸かし完了の音を響かせたので振り返り、ドリップ式のコーヒーを淹れ、マグカップを手にL字型のオフホワイトのソファに腰を下ろす。

大型液晶テレビの電源を入れ、昼前ののんびりした番組を次々にザッピングしていく。

都内で昨日起きた事件、事故のニュースに続き、カルチャーや芸能、バラエティのニュース。とうの昔に放映されたドラマを再放送しているチャンネルもある。

とくに大きな出来事は起こっていないことを確認し、熱いコーヒーを啜《すす》る。

ふと手を止めたチャンネルで、女性アナウンサーが賑やかな声を上げていた。

『いま話題の動画配信者、拓也《たくや》さん！　フォロワーは二百万人を超える大人気配信者です』

続いて、精悍《せいかん》な相貌の男が大映しになる。アッシュブロンドの髪が目を引く、雄《おす》そのものの男だ。色香と鋭さを兼ね備えた瞳に綺麗な鼻筋、つい目が吸い寄せられる厚めのくちびる。

『拓也さんは正真正銘のＤｏｍ。強烈なグレア《眩輝》が画面越しにも伝わってきそうですよね。チャンネルでは趣味の車を使ったドライブ、センスのいいショッピングを配信する他、型破りな回答が人気を集めるお悩み相談も受け付けています。大食いチャレンジもするんですよね』

次々に拓也と名乗る男性の動画が紹介されていく。ポルシェのステアリングを握る拓也、セレクトショップでセンスのいいコーディネイトを披露する拓也に続き、自室からの配信らしいお悩み相談の動画も流れる。

耳に残る甘い低音には、同性でも思わず惹《ひ》き付けられるものがある。この声でコマンドを出されたらいかなるＳｕｂでもどんな無茶な要求であっても頷《うなず》いてしまうだろう。

「拓也、か」

知らない顔ではなかった。といって知人というわけでもない。

人気動画配信者として、蓮も彼のチャンネルをたまに観ることがあるのだ。同じＤｏｍでもこうも雰囲気が違うのかと毎回驚かされる。

『その拓也さんが今度、同じくＤｏｍの慎一《しんいち》さんとコンビを組むそうですよ。これまた話題を集めるチャンネルになりそうですね。男らしい拓也さんと朗《ほが》らかな慎一さんの異色コンビのチャンネル、皆さんも要チェックです！』

慎一、というＤｏｍ配信者も知っている。笑顔がやさしく、明るい口調で人気のある動画配信者だ。料理が得意で、よく手料理を紹介している。初心者にも気軽にトライできそうな簡単メニューから、手の込んだ料理までレパートリーは幅広い。

「あのふたりが組むのか……」

興味はある。正反対の魅力を持った動画配信者が垣根を越えてコラボすることはよくあるが、コンビを組んでひとつのチャンネルを作るというのはなかなか珍しい。

女性アナウンサーが言ったように、違った魅力を持つふたりがどんな動画を出してくるか、観てみたい。

彼らと同じ、Ｄｏｍとして。

この世界には、男性、女性に加え、ダイナミクスと呼ばれる第二性がある。

ＤｏｍとＳｕｂだ。

Ｄｏｍは圧倒的な支配力とカリスマ性を持ち、大勢のひとを引き付ける。命令することに長けており、とりわけ「コマンド」と呼ばれる特別な言葉を発した際、彼らとは相反するＳｕｂはけっして抗《あらが》えない。「跪《ニール》け」と命じられたら、初対面だとしても床に膝《ひざ》をついてしまうほどの力をＤｏｍは生まれつき持っている。

先ほどの拓也や慎一のように華やかな容姿を誇るＤｏｍは自然とひとびとの上に立ち、政治家や企業のトップにもずらりと名を馳《は》せる。芸能人にもＤｏｍは多い。最近では、動画配信者にもＤｏｍが目立つ。彼らはどんな場所でもその存在感を見せつけ、グレアと呼ばれている独特の威圧感を纏《まと》って君臨するのだ。

片やＳｕｂ。彼らが持つ欲求はただひとつ——支配されたいという想いだ。Ｄｏｍのコマンドを受ければ床に膝をつき、四《よ》つん這《ば》いになり、秘密の部分すら明かす。Ｄｏｍに支配され、精神の深いところまでコントロールされたいとただひたすら願うＳｕｂもまた、際だった容姿を誇る。

ＤｏｍとＳｕｂどちらの特徴も併せ持つＳｗｉｔｃｈ《スイッチ》も稀《まれ》に存在する。

そして、世界の大半を占めているのはＤｏｍでもＳｕｂでもない至って平穏なひとびと——Ｎｏｒｍａｌだ。

この四つの第二性によって世界は作られ、成り立っている。

ＤｏｍとＳｕｂはほぼ同等数おり、惹かれ合うようにパートナーを見つけて互いの欲望に応《こた》える。命じたい、命じられたいというこころに根ざす欲求を。

支配したい、支配されたい、可愛がりたい、可愛がられたい。そしてＤｏｍはＳｕｂに尽くしたいと強く想い、ＳｕｂはＤｏｍに尽くされたいと本能的に願っている。

そこに、平凡な愛情はさほど要らない。ＤｏｍとＳｕｂが願うのは支配したい、支配されたいという率直な想いに準じてパートナーを探すのだ。欲求が満たされないとＤｏｍもＳｕｂも精神的なバランスを崩してしまう。それを防ぐために効き目のいい抑制剤も開発されているが、やはりＤｏｍにはＳｕｂが、なにより適合する。そして逆も然《しか》り。

人工的な薬よりも、互いの存在のほうがもっとも重要なのだ。

Ｄｏｍである蓮には、決まったパートナーがいない。この世に生を受けたときからＤｏｍであることは自覚していたが、支配したいという欲には個人差があるとかかりつけの医師から聞かされていたとおり、手当たり次第にＳｕｂを求めて虐《しいた》げたいという気持ちはなかった。

もともと、性欲そのものが薄いのだろう。たまにさざ波のような切望感に煽《あお》られるときはなんとか己を慰め、抑制剤で押さえ込んでいた。

そんな自分を恥じたことはあまりない。グレアも先ほどテレビで観た拓也に比べれば薄いものだろうが、自分だってひとりの人間として真っ当に生き、Ｄｏｍ動画配信者として多くのフォロワーを抱えている。

ひとそれぞれ。その言葉を蓮は大切にしている。

大学卒業とともに本格的に動画配信を始めて三年が経ち、一、二日置きには丁寧な語りの映画レビューやゲーム実況を配信し、たまにはお悩み相談も受けている。

蓮の持ち味は透明感のある美貌と、やわらかな声なのだそうだ。フォロワーがいつもそう褒めてくれる。フォロワーはやはりＳｕｂが多く、ライブ配信をすると、冗談めかして『命令して』とコメントが飛んでくる。

いたずらでもそんなリクエストには応えないが、こんな自分でもやはりグレアを発しているのだろう。

モニター越しのフォロワーがどんな表情で自分の声を聞いているか実際はわからないが、二週間に一度の頻度で行っているライブ配信のたびにフォロワー数が増えていくのは事実だ。いまのところ、八十万人が蓮をフォローしてくれている。男性四割、女性六割で、いいバランスだと思う。

動画配信というフィールドを知ったのは高校生ぐらいの頃だろうか。最初は同級生に『蓮、いい声してるからなんか適当に喋《しゃべ》ってよ』と勧められ、なんとなく、という気分で挑んだ。

その頃の動画はさすがに恥ずかしいからすでにネット上からは削除してしまったが、友人たちとだらだら喋ったり、歌ったり、ダンスをしたりという他愛ないものだ。

しかしその無邪気さがよかったのだろう。視聴者数もなにも気にせずただ楽しいことを繰り広げていた動画にはすこしずつ高評価がつき、ファンらしき者も生まれた。

その後、動画を一緒に作っていたグループは自然と解散したものの、自分のペースで、しかも自分のやりたいことをやりたいだけできるという行為は実直な蓮に合っていて、フォロワーが二十万人を超える頃に、この道で食べてみようという気になったのだった。

『蓮デイズ』というのが、蓮のチャンネル名だ。

ひとりで動画を撮り、編集し、配信するという作業は至って地味で、孤独なものだ。モニター越しには楽しく賑やかなものに映るだろうが、ほぼひとりですべての工程をこなしている蓮は一日中誰とも口を利かない日も当然ある。

けれどこれも個人差が出るところで、華やかな場を好む配信者もいれば、部屋に籠《こ》もってこつこつこなす配信者もいる。蓮は確実に後者だ。

コーヒーを飲んでいる途中でテレビを消し、仕事部屋へと移動する。

2LDKのマンションは独《ひと》り住まいにしては大層広かった。

二十畳を超える広さのリビングルームにはテレビとソファセットを置き、ベッドルームと作業部屋がある。

一日の大半を、蓮は作業部屋で過ごしていた。明るい陽が射し込むリビングとは打って変わり、十畳の作業部屋は広いデスクにモニターを三台設置している他、気軽に編集できるようにとノートPCも用意している。

長時間座っていても疲れにくいゲーミングチェアに腰を下ろし、二十四時間フル稼働させているPCに触れる。

昨晩は好きな映画について語った動画をアップしたのだが、反応はどうだろうか。

動画サイトの管理者画面をチェックすると、さまざまなデータが表示される。

視聴者の年代、性別、第二性はもちろんのこと、動画に対する高評価、低評価がひと目でわかる。

昨晩の動画にはコメントが多くついていた。いつも見かける常連に交じって、初見視聴者もいる。自分で始めてみてわかったことなのだが、動画を観るのはいつでも気軽にできるけれど、コメントを送るというのは結構手間がかかるものだ。

コミュニケーション好きで、かつ言いたいことだけ言って満足する者ならともかく、やはり反応が欲しいと願う者は多い。

とりわけ、やさしく話しかけるのが特徴的な蓮には、動画内容とはまるで関係のない個人的なお悩みコメントがつくことが多かった。

すべてのコメントに返事をすることは不可能でも、きちんと目を通し、答えを必要としているコメントであれば丁寧に返す。アンチコメントもたまに見かけるが、それをいちいち気にしていたら動画配信なんてやっていられない。

蓮が紹介した映画について、視聴者はおおむね満足したようだ。

『それ、前から気になってたんです』

『加入しているサブスクリプション《定額配信サービス》に入っていたので明日観てみるね』

『そういえばちょっと昔の映画なんだけど、これとか蓮くん気に入りそうだけど、どう?』

視聴者からお勧めがあるのも嬉しい。直接話せるわけではないのだが、ひとりで地道に作業している蓮にとって視聴者の率直なコメントはいい刺激だ。

新しく教えてもらった映画を検索すると、蓮も加入しているサブスクリプションにその名があった。早速お気に入りに入れておいて、あとで観ることにしよう。

いつもどおり好調であったことに安堵し、次はべつのSNSをチェックする。こちらはもうすこし日常的な自分を見せるもので、どこでなにを食べたかとか、どんな景色を見たかとか、写真メインでアップしている。そこでは誰でもDM《ダイレクトメール》を送れるように設定しており、毎日百通近く届く。ほとんどがプライベートな悩み事だ。たまに、『蓮くんに直接会いたいです』『デートしませんか?』という誘いもあるが、これまた、きちんとお断りをしている。

動画配信者がフォロワーと秘密裏に会い、軽率に関係を持って情報が出回り、あっという間に炎上する時代だ。それだけは防ぎたいので、個人で会うことは避けている。

DMを一通ずつ読んでいくと、気になる内容が目に留まった。

アイコンは灰色一色。アカウント名は無意味な英数字の羅列《られつ》。

メッセージはたった一行。

『あんた、ほんとうはＳｕｂだろ』


たった十数文字のＤＭに一瞬息が止まった。

どういうことだ。

Ｄｏｍである自分に『Ｓｕｂだろ』と断言してきた者は初めてだ。

すぐに、馬鹿な、と思い、ＤＭを削除しようとしたのだが、マウスを握る手がうろうろする。

ＳＮＳ側に悪質なＤＭとして通報し、ブロックしてもよいのだが、彼もしくは彼女はなぜこんな強いメッセージを送ってきたのだろう。

単なる嫌がらせか。

マウスを握る手のひらにじっとりと汗が浮かぶ。

確かにＤｏｍとしてのグレアは薄いほうだし、圧倒的な支配感を持っているのでもない。

だが、確かにＤｏｍだ。両親ともにＤｏｍで、なおかつ裕福な家に育ち、なんの苦労も知らずに生きてきた。銀行家の父、そしてその妻である母はそろって蓮に甘く、やさしく、可愛がられて育ってきたように思う。

学生時代を振り返っても、嫌な思いをしたことはない。友人たちはみな温厚なＤｏｍで、高校、大学ともにのびのびと過ごしてきた。

よくも悪くも平凡なＤｏｍかもしれないが、なにかと色眼鏡で見られやすいＳｕｂとは違う。自分には「誰かに支配されたい」という思いがないのだ。

Ｓｕｂの友人たちも数人いた。彼らは全員パートナーを持っていたので精神的にも肉体的にも安定し、蓮ともいい関係を築けていた。

たまに相談事を持ちかけられることがあった。

『Ｄｏｍってさ、気まぐれなひとが結構多い気がするんだよね。やっぱり自分のほうが支配できるって思っているからか、浮気性なひとがそこそこいる感じ。いまの俺のパートナーは落ち着いた大人のＤｏｍだからそういう心配もないけど、たまにいつか捨てられたらどうしようって思うよ』

飽き性のＤｏｍがいることは否めない。蓮自身は恋愛そのものにさして興味がなかったからか、『そんなに心配することないよ。いまのパートナーには大切にしてもらってるんだろう？　だったら存分に愛されるといいじゃないか』と返したのだが、Ｓｕｂの友人は不安そうな表情を隠せずにいた。

誰かに支配されたい、コントロールされたいという本能的な欲求に抗うのは難しいのだろう。

放っておかれたら寂しさのあまり体調を崩してしまうこともあるのだ。

DomとSub、どちらが優位かということについては、じつは同等だ。どちらも支配したい、されたいという願いを持って生きているため、パートナー探しには真剣になる。

ただ、コントロールされたい、虐《しいた》げられたいという欲求のほうがより強く出る面があるうえ、性的な場面でその願いは真価を発揮することもあるから、Subのほうが下手に出るケースが多々見受けられる。

このDMを送ってきたどこかの誰かは、蓮をどうしたいというのだろう。勝手にSubと決めつけるだけで悦に入っているのか。それとも他の企《たくら》みがあるのか。

いまのところ、わからない。わからないから、勢いで削除したりせず、とりあえず保存しておくことにした。嫌がらせが続くようなら、このDMも含めてSNSの運営に通報することができる。そのときのための証拠だ。

ひと息入れるためにもう一度キッチンでコーヒーを淹れ、再びPCに向き合う。

先ほどテレビで紹介されていた拓也が気になっていた。

自分より遥《はる》かに人気のある拓也。蓮は彼をフォローしていなかった。時折、噂のように聞くのだ。彼の動画越しに強烈なグレアを浴びて失神する者が出ると。

もちろん、Domである自分にグレアは効かない。それでも、フォロワーになってしょっちゅう動画を観る気にもなれなかった。

過去何度か観た動画での彼の横柄ともいえる振る舞いや傲慢《ごうまん》な物言いが、なんとなく好きになれなかったのだ。

いまどき珍しいぐらい雄を感じさせる拓也は一年前にふっと現れて、またたく間に超人気配信者の座に昇り詰めた。その理由をひと言で表せば「ブレない」ということだ。

見せかけの男らしさではなく、芯から自信のある振る舞いがＤｏｍにふさわしいと皆賞賛する。

彼のホームに飛び、昨夜アップされた最新動画をクリックした。

『よう、俺だ。今日は車で軽井沢《かるいざわ》までドライブしよう』

のっけから俺様モード全開だ。ちっとも悪びれないところにちょっと可笑《おか》しくなってしまう。

おとなしくて控えめな男性が増えているいま、拓也のような男は確かに目を引く。

拓也は愛車のポルシェを駆って、一路軽井沢へとアクセルを踏む。途中、最近観た映画の話をしていた。

『昔の映画で、「アメリカン・サイコ」って知ってるか？　クリスチャン・ベイル主演のなかなかかっ飛んだサイコサスペンスだ。ＳＮＳでタイトルを見かけて面白そうだったから探してみたら、サブスクリプションに入っていたから観た。これが思いのほか楽しくて、つい最後まで一気観しちまった』

へえ、と思う。

ちょうど蓮もその映画を観たばかりだったのだ。

二十年ほど前の豊かなアメリカ、ニューヨークのウォール街で働くエリートビジネスマンが主人公で、よりよい成績を上げるかたわら、コカインを摂取し、クラブで馬鹿な遊びを繰り返し、こころにうつろなものを抱えている。

『面白いのが、そのビジネスマンたちが名刺で張り合うんだよ。どういうことかって？　上質の紙に透かしでマークを入れ、格好いいフォントで箔押《はくお》しをする。それを見せ合って、誰が一番イケてるか競い合うんだ。名刺バトルなんて、いまどき考えられないよな』

最高級のスーツに身を包んだ男は言い知れぬ衝動を抱え、夜な夜な無意味な殺人を繰り返す。同僚を殺し、行きずりで知り合った娼婦も殺す。そしてさらに焦燥感《しょうそうかん》を抱える。

『オチはまあ、なんというか不条理な感じではあるんだが、俺は面白く観たな。で、もっと面白かったのがレビュー欄。最低と最高の真っ二つに意見が分かれてたんだ。平均的な評価を得る作品よりも、そういう偏《かたよ》った映画のほうが俺は好きだな。自分なりの判断力が試せるっていうかさ』

聴いていて驚いた。

蓮もまったく同じ感想を持ったからだ。

この映画、蓮は興味深く観た。アメリカが豊かだった時代に、もっと上を目指して昇り詰めていく男たちの薄っぺらさ、プライド、意地が至るところに描かれていて、別世界をのぞいている気分であると同時に、いかようにも取れるエンディングにひとり思いを巡らせていたのだ。

拓也と映画の趣味が合うなんて。

それだけで印象が変わるといったら軽薄だろうか。

だが、好きな作品が一致するというのは稀なことだ。解釈も合う。

他にも映画の話をしていないだろうか。本の話でもいい。続けて四本ほど動画を視聴し、息を吐いてギシリと椅子に背を預ける。

目を瞠《みは》るほどの男っぷりを誇る拓也は、巧《たく》みなドライビングテクニックを披露する他、ハイセンスのセレクトショップで自分なりのコーディネイトを披露することもしていた。長身で逞《たくま》しい体軀の彼が纏うと、なんでもないリネンシャツが鮮やかな光を弾き、その肉体の厚みもあってなんとも魅力的に見える。

芸能人としてどこかの事務所に所属しても成功していただろうに、なぜ動画配信者という道を選んだのか。芸能人だったらドラマや映画、CMにバラエティと表に出る機会がたくさんあるだろう。対して動画配信者はというと、自分のペースで話題を生み出すことができる。しかし、事務所に所属していなければすべては己でこなす必要性がある。動画の編集作業も、視聴者への対応も。

いまのところ、拓也が事務所に所属しているという話は聞いたことがない。

センスのいい編集は、彼自身が行っているのだろうか。ＢＧＭもいいし、カットの仕方もうまい。同業者としては学ぶところが多い。

苦手意識が幾らか薄れたところで空腹を覚え、遅めのブランチを摂《と》ることにした。

パンケーキを焼いて蜂蜜《はちみつ》を垂らし、トマトとルッコラのサラダにチーズを削り落とす。今日はパンケーキがちょっと焦げたが、味にさほど支障はないだろう。コンソメのインスタントスープを作り、キッチンのテーブルに運ぶ。

独り住まいなのだが、余裕が欲しくて四人掛けのテーブルにした。たまにノートＰＣを持ってこのテーブルで作業することもある。

家に籠もりがちな仕事だから、気分転換するためにも作業できるスペースは二箇所以上欲しい。というわけで、この２ＬＤＫのマンションだ。

パンケーキを食べている間も、頭を占めていたのはふたつの出来事。

あの謎のＤＭと、拓也のことだ。

ＤＭは匿名《とくめい》だったから、いまのところどうこうできるというわけではない。ブロックするのは簡単だが、アカウントを変えてまた送られたらイタチごっこだ。だったら、とりあえず静観していたほうがいい。

Ｓｕｂだと決めつけられたところで、なんの根拠があるわけでもない。ただの嫌がらせだろう。

一方、拓也のことはやっぱり気になる。たった一本の映画を通して彼のことがわかったわけではないのだが、興味はおおいに湧《わ》いた。

彼のフォロワーになって、根こそぎ動画をあさってみようか。

今日は二週間に一度のライブ配信を予定している日だから、その時間帯まではのんびり過ごしたい。

そういえば、慎一のことも気になる。拓也とコンビを組むとテレビで言っていた。

慎一のほうもフォロワーにはなっていないが、もちろんその名は知っているし、たまに動画を観ることもある。

彼は拓也と違い、穏やかな明るいDomで、よく手料理動画をアップしている。いわば、拓也とは正反対の配信者だ。彼らが組んだら、どんな動画が出るのか。

「観てみたい、かもな……」

残り少なくなったコーヒーを飲み終え、席を立つ。

拓也と慎一のことは気になるけれど、自分もこのあとライブ配信が待っている。今夜は最近読んだ本を話題にするつもりだ。もう一度読み直しておこうと手元に書籍を用意し、ぱらぱらとページをめくり始めた。

その晩のライブ配信は好評のうちに無事終わった。

二時間ほどゆったりと喋り、フォロワーとのやり取りも楽しみ、充実感を噛み締めながら蓮は風呂に入り、汗を流したところで洗いたてのパジャマに着替え、もう一度作業部屋に戻る。

寝る前にＤＭやメールチェックを行うのが毎日の習慣だ。

ライブ配信のあとはＤＭが多く届く。リアルタイムで蓮の声を聞くせいか、個人的な話をしたがるフォロワーがいるのだ。

お悩み相談がメインのチャンネルではないけれども、せっかくたくさんいる配信者の中から自分を見つけてくれたのだ。急を要するような悩み相談はじっくりと精読し、丁寧な返事を書くようにこころがけている。

問題のＤＭはその中にあった。

「――拓也？」

一通のＤＭに、「拓也」と名乗るものがあった。

まさか、あの拓也だろうか。いや、同じ名前の別人かもしれない。

ドキドキしながらスマートフォンをタップすると、拓也の名前の横に青い公式マークがついている。人気インフルエンサーの偽者が出ないよう、本人には公式マークがつく仕様だ。

DMは、『はじめまして』という文言で始まっていた。

『はじめまして、拓也です。今夜のライブ配信、とてもよかった。おまえの声と喋り方、すごくいいと思う。もしよかったら、一度会わないか？　話したいことがある。連絡をくれないか』

そのあとに、彼の電話番号が記されていた。

短い文章でも拓也は自信満々だ。

どうしようか。ため息をついて、拓也のチャンネルやSNSをチェックしたものの、今日はなにも発信していない。となると、蓮のライブ配信をひそかに観ていて、DMを送ってきたのは本人に違いないようだ。

話したいこととはなんだろう。あちらのほうがフォロワー数は多いから、余裕たっぷりにアドバイスでもしようという腹づもりか。

わけがわからない。

ただし、無視するのも気が引ける。元来、蓮は誰かの問いかけをスルーするということができないのだ。相手は蓮になにがしかの感情を抱いてコンタクトを取ってきているのだから、どういうつもりであっても、一度は話しておいたほうがいい気がする。

「なんだろ、話って……」

独りごちながら、ぽつぽつと返事を書いた。

『はじめまして。蓮です。突然のお誘い、驚きました。土曜日の昼だったら時間が作れそうです。その日でよければ、お会いしませんか』

送信ボタンをタップして五分後、着信があった。

『返事ありがとう。じゃ、土曜の午後二時、新宿《しんじゅく》三丁目にある百貨店前で待ち合わせよう。ランチを一緒に食べるってことで。お勧めの店を予約しておく』

「まったく……強引なひとだな」

こちらの好みも訊《き》かずに店を予約しておくなんて、よほど自信のある男にしか言えない台詞《せりふ》だ。

しかし、彼の誘いに応えた自分にも責任がある。

失礼にならない程度に、必要な話だけしようと言い聞かせながら蓮は彼のＤＭを何度も読み直していた。

第二章

「はじめまして」

「は、……はじめまして」

約束を交わした土曜は綺麗に晴れていた。

朝からそわそわしっぱなしの蓮は熱いシャワーを浴び、爽《さわ》やかなブルーの七分袖《しちぶそで》シャツにグレンチェックのクロップドパンツを合わせ、オフホワイトのトートバッグを肩から提《さ》げて新宿三丁目のランドマークでもある百貨店の正面玄関に着いた。

そこで、柱の陰に立っていたサングラスをかけた男にぽんと肩を叩《たた》かれたのだ。

「蓮、だよな？」

するっと黒いサングラスをずらしたアッシュブロンドの男は、間違いなく拓也だ。

モニター越しでしか観ていなかった彼がこうして目の前に現れると、圧倒的な存在感がある。百八十五センチを超えるだろう長身で引き締まった身体は色気のある厚みを持っている。なにより、その甘く低い声が特徴的だ。

グレアこそ発していないものの、同じＤｏｍの蓮ですら腰が退ける男っぷりだ。

黒地に真っ赤なハイビスカスが咲いたアロハシャツに、いい感じに色褪《いろあ》せたジーンズを合わせた派手なスタイルが驚くほどしっくりハマっている。

はじめまして、とぎこちなく挨拶《あいさつ》したあと、彼はほんとうに——ごくさりげない調子で肩に手を回してきた。

「さあ、案内してやるよ。腹減ってるだろ？　美味《うま》い肉、食いに行こうぜ」

「は、……はい」

並んで歩くと歩幅が違う。彼の腰の位置が高いことがわかる。それに拓也も気づいたのか、ゆったりした足取りに変えて、百貨店の並ぶ大通りから路地裏に入った。

「ほらそこ、ビルの地下にある店のステーキが美味いんだよ」

「あの、拓也さん、……手、離してもらえませんか」

「手？　なんで」

「なんでって、男同士でこんな接近しているのはちょっと」

「いいじゃないか。俺はおまえが気に入ってるんだぜ」

答えになっていないことを返しつつも、拓也は肩から手を離し、先に地下への階段を下りていく。いまさらながらに、こんな男の誘いに乗じてよかったのかと不安がこみ上げてくる。

——やっぱり、苦手なタイプかも。

ボディタッチに慣れていない蓮としては、先ほどまで摑《つか》まれていた肩がじんわり熱い。まるでそこに、拓也の熱を溶かし込まれたかのように。

前もって席を予約しておいてくれたらしい。店の一番奥にあるテーブルを陣取った拓也が、ウエイターからメニューを受け取り、差し出してくる。

「和牛が美味い店なんだ。好きに選べよ」

「……じゃ、このステーキ二百グラムを」

「そんなんで足りるのか？　俺は三百グラムで。コースで頼む。それとグラスビールもふたつ」

「かしこまりました」

黒服のウエイターが笑顔で立ち去るのと同時に、こぢんまりとした店内を見回した。

細長い店だ。壁に沿ってテーブルが四つ。あとは厨房《ちゅうぼう》に面してカウンター席が四つ。

「知るひとぞ知る名店なんだよ」

「へえ……拓也さん、美味《おい》しいお店、よくご存じなんですか」

「外食が多いからな。それにここ、前に動画で協力してもらったことがあるんだ」

なるほど、だからウエイターも慣れ親しんだ態度だったのか。

運ばれてきたグラスビールを掲げ、「乾杯しようぜ」と拓也が言う。

「あらためて、はじめまして。人気配信者さんの蓮」

「はじめまして。あなたこそ、僕よりずっとフォロワーが多いじゃないですか。拓也さん」

向かい合わせに座ったふたりはグラスの縁を軽くぶつける。美味そうに喉《のど》を鳴らしながら半分ほどビールを飲み干す拓也が、ひと息つく。

「でもまあ、こうやって実物を拝《おが》むとおまえの綺麗な顔がよりはっきりわかるな。前から注目してたんだぜ？」

「それは――ありがとうございます。拓也さんこそ、テレビで紹介されるほどの人気者ですよね」

「なんたって正真正銘のＤｏｍだからな。なんだったらここでグレアを発してもいいが、Ｄｏｍ同士じゃ効かないだろ」

「まあ、はい。あの、どうして今日は僕を誘ったんですか」

「食いながら話そう」

ほどなくして、ミディアムレアに焼いた肉が運ばれてきた。二百グラムでも相当の分厚さだ。つけ合わせはマッシュポテトとインゲン、鮮やかなニンジンのグラッセ。

スープとサラダを食べ終えた拓也は食欲旺盛に肉にナイフを入れる。

綺麗な食べ方をするんだなと不思議な感覚で見守っていた。

あの拓也が――モニター越しにしか観ていなかった拓也が目の前で食事をしている。

「どうした、不思議そうな顔して。肉冷めるぞ」

「あ、あ、……はい」

遅ればせながら蓮もナイフとフォークを手にし、肉を切り分けた。口に入れると、香ばしくてとろりと蕩《とろ》ける。

「……美味しい」

「だろ？　ここ、ディナーだともっと品数が多くて豪華なんだ。今度また連れてきてやるよ」

「ありがとうございます。っていうか、その、さっきの話」

「おまえを誘った理由なんてひとつに決まってるだろ」

丸パンをちぎりながら、拓也が楽しげに笑う。

「なあ、俺と組まないか？」

「は？」

「俺と慎一とおまえの三人でグループチャンネルを作らないかってオファーだ。おまえ、基本的にはひとりで動画作ってるだろ。でもさ、そのうちネタが尽きてくるはずだ。ひとりでやれることには限界があるからな。その点、俺と慎一と組めばもっと大きなことができる。俺も慎一も編集のスキルは高いから、いまよりもっとクオリティの高い動画が作れるぜ」

「お誘いはありがたいですが……僕はひとりでこつこつ作ってるほうが性に合うというか」

「だったら、フォロワー数はこれ以上伸びないぞ。近いうちに頭打ちになる」

決めつけるように言われて、少しむっときた。

めったなことでは腹を立てないが、拓也の物言いは強引すぎる。

「頭ごなしに言うんですね。人気者はなにを言ったっていいということですか」

「腹を立てるな。真実を言ったまでだ。人間ひとりでできることには限りがあるのは事実だろ。アイデアだってそう、編集だってそう。おまえ、どこかの事務所がバックについてるか？」

「いえ、個人でやってます」

「だったらなおさらだ。いまの蓮はＤｏｍにしてはやさしくて甘い声の美形で通っているが、半年後、一年後はどうなる？　顔かたちはあまり変わらないかもしれないが、次にどんなネタを出すか、一緒に考える仲間がいたほうが絶対にいい」

絶対に。そこに力を込められて、反発心がむくむくと頭をもたげる。

「僕の動画に不満がありますか？」

「ねえよ、完璧。だから心配してんだよ」

「どういうことですか」

「いまが完璧だとしたら、その上はもうないってことじゃないか。今後は伸び悩む一方だぞ」

冷静な声で言われ、そうかもしれないとこころが揺れ動く。

ひとりで作業をこなしているのは自由気ままだが、確かにたまにアイデアに行き詰まるときがある。フォロワーがこれ以上増えないという彼の言い分も気にかかった。

ある一定以上のフォロワー数を抱える配信者は、どこかしらの事務所に所属し、ネタ出しにつき合ってもらったり、フォロワーからの対応を手伝ってもらったりしている。

蓮はそのあたりもひとりで片づけていた。

「俺と組めば、一千万人をフォロワーにすることだって夢じゃない。広告収入で入ってくる金も桁違いになる」

「……お金には困ってません」

「だろうな。身なりを見れば一目瞭然《いちもくりょうぜん》だ。いいところのお坊ちゃんだろ、おまえ」

初対面なのにおまえ呼ばわりされてかすかに神経がささくれ立つ。

「僕には、花泉蓮という名前があります」

「ああ、すまない。俺は守澤《もりさわ》拓也だ。二十五歳。確か同い年だったよな?」

ちっともすまないなんて顔をせず、拓也はビールのお代わりを頼んだ。

「悪いことは言わない。俺と組めよ。こう見えても腕には自信があるんだ。蓮にもし面倒なストーカーがつきまとったら一発で蹴散らしてやる」

「ご親切にどうも。――でも、やっぱり僕はひとりでやっていきます。ネタだって時間をかければちゃんと用意できますから」

「あーもう、わかってねえな」

二杯目のビールもまたたく間に呷《あお》った彼が苛立《いらだ》たしそうにくちびるを尖《とが》らせる。

そうすると精悍な面差しがちょっと可愛い、なんて思う自分を戒《いま》めた。

「この間のライブ配信でおまえ、やっかいなフォロワーからコメントガンガン受けてただろ」

「ああ……『コマンド発して』のひとですか？」

「そう。おまえのＳｕｂになりたい奴なんだろうよ。しかも俺の判断からするに男だ。ああいうのを放っておくと、いつ家を突き止められるかわからないぞ」

「あの手のコメントは毎回出ますから。それこそいちいち取り合っていたらライブ配信ができなくなります」

「だから、守ってやるって言ってんだよ、この俺が」

身を乗り出してくる男の横柄さに辟易《へきえき》し、蓮は食べ終えた皿の横にフォークとナイフを置く。

それから財布を取り出し、自分のぶんの代金を彼の手元にすべらせた。

「ごちそうさまでした。とても美味しかったです」

「気を悪くしたのか」

「そういうんじゃありませんけど……話が平行線なので。今日のところはこれで失礼します」

「おい待てって、こら」

伸ばしてきた彼の手を擦《す》り抜け、ウエイターに頭を下げて店を出た。

やっぱり、予感は当たった。

拓也は傲慢な男だ。強いグレアの持ち主で、自分の言うことなら他人はなんでも聞くと思っている。

「……動画を観てるだけにしとけばよかった」

すこしでもこころを揺り動かされた自分が馬鹿みたいだ。

地上に出ると、眩《まぶ》しい陽射しが降り注いでいる。肌を灼《や》く太陽の光を浴びながらこのまま家にまっすぐ帰ろうかとも思ったが、なんとなくそんな気分ではない。

百貨店に寄って、綺麗な色のシャツでも買おうか。

動画配信者としては、ファッションも注目される要素のひとつだ。今年はイエローグリーンが流行《はや》りだとテレビや雑誌で紹介されていたから、気に入る一枚があればよいのだが。

小一時間ほど前、拓也と待ち合わせした百貨店に入り、メンズフロアを目指す。土曜の午後なので、それなりに客がいた。

ぶらぶらとフロアを練り歩いていると、とあるショップの店頭に透明感のあるイエローグリーンのボタンダウンシャツがボディに着せられているのを見つけた。

近づいて触れてみれば、さらりとしたコットンリネンだ。リネン百パーセントだと洗濯に気を遣うが、コットンが混じっていれば皺《しわ》にもなりにくい。

「そちら、今朝入荷したばかりなんですよ。もしよかったら試着されてみては？」

「えっと……」

親切な店員の申し出に、「あの、これをいただけますか」と言う。

「試着はよろしいのですか」

「はい。たぶんサイズは合うと思うので」

「では、在庫を確認して参ります。少々お待ちくださいませ」

店員がバックヤードに引っ込んだあと、蓮は店内の商品をあれこれ見て回った。動画映えしそうな柄物のシャツもあり、なかなかいい。

もう一枚、細かいドットのシャツも買おうとしたところで、ふとうなじに突き刺すような視線を感じて振り返った。

――拓也か？

しかし、彼の姿はどこにも見当たらない。フロアを行き交う客のどの顔にも見覚えがない。気のせいか。拓也のことで腹を立てていささか気が立っているだけだ。

「お待たせいたしました。新しい商品がございましたので、こちら、お包みしますね」

「ありがとうございます。あと、こっちのシャツも一緒に」

黒地に白ドットのシャツを渡すと店員は相好《そうごう》を崩《くず》し、深々と頭を下げる。

その間も誰かに見られている感覚がずっとつきまとっていた。

いったい誰だ。どこか他のショップ店員か、それとも自分の思い込みか。

会計をすませている間もうなじの産毛《うぶげ》がちりちりと逆立つのを感じ、「ありがとうございました」という店員の声とともにショッパーを渡されたのをきっかけに、思いきって振り返った。

「拓也、――さん?」

「やっぱりこの店に来たか」

そこには拓也がひょうひょうとした顔で立っていた。

驚く蓮の手からショッパーを取り上げ、親しげに身体を擦り寄せてくる。

そして耳打ちしてきた。

「危なっかしいんだよ、おまえ。隙《すき》だらけだぞ」

「え……」

「知らない男がおまえの跡をずっとつけてた。気づかなかったのか?」

「……それは」

「店を出てすぐにおまえを追いかけた俺の先に、もうひとり男がいた。ま、俺が姿を現したらすかさず行方をくらましたけどな。やっぱりストーカーにつきまとわれてんじゃねえか」

「それはあなたもでしょう。僕のあとを追いかけてくるなんて」

「釣り銭」

「え?」

「おまえが置いてった金、多すぎたんだよ。だから釣りを渡したくて。ほら」

手を摑まれ、紙幣と小銭を握らされた。それから拓也は可笑しそうに肩を揺らす。

「蓮って案外短気なのな。動画じゃおっとりしたいいとこのボンボンに見えたけど。そういうギャップもいいと思うぜ」

「なにを言ってるんですか、もう……」

「とにかく、家まで送る」

「いいです。ひとりで帰れます」

「駄目だ。おまえだって誰かにつけられてることぐらい察しただろ? いいからこのまま友だちのふりをして歩け。外に出たらタクシーを捕まえる。電車だとまたつけられそうだしな」

「だから、ひとりで帰れますって……拓也さん！」

声を上げても拓也は肩を摑んできて離さない。もっと大声を上げるかとも考えたが、百貨店の中だ。人目を集めたくないし、騒ぎを起こしたくない。もしも、このフロアのどこかに自分の顔を知っている者がいて、「動画配信者の蓮が店でトラブってたよ」とＳＮＳに書き込まれようものなら面倒だ。

だったらここはじっと我慢し、拓也の言うことを聞いたほうがいい。危険な気配もするのだから。

口を閉ざした蓮を面白そうに眺めていた拓也が、歩幅を大きくする。


キィッとタクシーがマンション前に停まった。料金を支払う最中戸惑ったが、「あの」と拓也に声をかけた。

「あの……よかったらコーヒーでも飲んでいきますか」

「は？」

拓也はきょとんとした顔をしている。

「危ないところを助けていただいたし、その……お釣りを持って追いかけてもらいましたから」

「おまえ……」

呆れたような顔をした拓也が肩を竦《すく》め、それからにやりと笑ってタクシーを降りる。

「ま、誘われたら断らないのが男だよな」

「べつに変な意味で言ったんじゃありませんからね」

「わかったわかった。いいマンションに住んでるじゃないか。分譲か？」

「いいえ、賃貸です。もしフォロワーに家を突き止められたらすぐに引っ越さないといけませんし。

拓也さんはどうなんですか」

「俺も賃貸。だいたい二年に一度の頻度で引っ越してる」

「ですよね。僕もそんな感じです」

他愛ないことを喋りつつも、胸は高鳴っていた。

自室に他人を上げるのは稀だ。

「友だちをよく招くのか？」

胸の裡《うち》を読んだかのような拓也の言葉に首を横に振る。

「めったに。僕、友だちが少ないんで」

「配信者って結構コミュ障が多いよな」

「そういう拓也さんは顔が広そうですよね。会うひと会うひとみんな友だちって感じ」

「そこまででもないさ。つき合う奴は選んでる」

嫌味のつもりで言ったのだが、拓也にはまるで通じていない。

高速エレベーターで上階まで昇り、かすかな振動とともに箱が停まる。

「へえ、いい眺めだ。さすが二十七階にもなると眺望が違う」

廊下を歩く拓也がお世辞で言っているのではないことは声音でわかった。

自室の扉を開き、「どうぞ」と彼を招き入れる。

「お邪魔します」

玄関に拓也が足を踏み入れるとふわりと柑橘系《かんきつけい》のいい香りが鼻腔をくすぐった。コロンだろうか。こういうことも、動画を観ているだけではわからない情報だ。

リビングに拓也を通し、「ソファに座っていてください」と言い、自分はキッチンに入って手を洗う。

「ホットコーヒーでいいですか？　冷たい飲み物なら麦茶があるけど」

「さっきビールを呑《の》んだからコーヒーでいい。気を遣わせてすまないな」

拓也はソファの真ん中にどかりと腰を下ろし、興味深そうに室内を見回している。

「シンプルで落ち着く部屋だな。配色のセンスがいい」

「ベージュとグリーンでまとめただけですよ。雑誌で見たのを真似しました」

「壁に掛かってる街並みの写真とか洒落《しやれ》ているじゃないか。ネイビーのクッションもアクセントになってる」

「……お褒めいただいて恐縮です。なんで部屋に入ったら褒めモード全開なんですか」

「相手の懐深くに入ろうとしたらまず褒めるのが鉄則だろ?」

「手の内を明かされるとありがたみが半減します。はい、コーヒー」

いつも飲むドリップ式のコーヒーをカップに淹れて渡すと、「ありがとう」と甘さを帯びた低い声が返ってくる。

その声はちょっと反則だ。彼に気がないはずの自分でもどきりとしてしまう。

そろそろと距離を空けて蓮も腰掛け、そうっと横顔を窺《うかが》った。

あらためて見ても、いい男だ。雄のオーラが滲《にじ》み出しているが、育ちがいいのだろう。カップに口をつける仕草に品がある。長い指先もきちんと手入れしていて綺麗だ。

ちらちら様子を窺っていることに気づいたのか、拓也が横目で笑う。

「どうした、俺に見とれてるのか?」

「……ほんっと、自信があるんですね。嫌味も出なくなります」

「自信がなけりゃ配信者なんてやってないだろ。そういう蓮はどうなんだ。おまえだってそれなりに自信があるんだろう?」

「僕は……まあ、ないわけじゃないですけど、あなたほどではありませんよ。動画編集中に自分の顔や声をチェックして、たまに落ち込むし」

「それこそ嫌味に聞こえるぞ。そんなに整った顔をしているうえにやさしい声だ。おまえの跡をつけていたっぽい男の気持ちもわかる」

「あれは気のせいだったのでは？　いまさらですけど」

「いや、気のせいじゃない。おまえを追いかけて食事した店を出たときから、猫背の長身の男が俺の先を歩いてたんだ。あれは絶対面倒な手合いだ。最近、変わったこととかないか」

「とくには。平穏ですよ。この間のライブ配信だって穏やかに終わったし。拓也さんが指摘した『コマンド発して』のフォロワーも、いつも何人かはかならずいるものだし。Ｄｏｍ配信者だと絶対あるでしょう？　拓也さんのところだって」

「俺はいまのところあまりライブ配信をやってないんだよ。コメント欄が『コマンド発して』で埋まっちまうからな。でも、おまえと慎一の三人で組んだら、違うタイプのＤｏｍが集まったグループとしていい感じに調和されると思う。な、俺の話に乗れよ」

「だから」

「――乗らない、と言いきるか」

カタンとカップをローテーブルに置いた拓也がすっと立ち上がり、腰に手を当て、睥睨《へいげい》してくる。空気の重みが一気に増した気がする。

「蓮」

呼びかけられて、つい視線を絡めてしまった。その瞬間、彼の目が細くなり、射竦められる。獲物を狙《ねら》い、追い詰める目だ。

じわりと背中に汗が浮かぶ。パニックになりそうなのを堪《こら》えて後じさろうとすると、彼の目力が一層強まり、怖いほどの狂おしい刺激が全身を駆け抜けた。

「な、……なに、これ……」

「俺のグレアを食らって失神しないのは本物のＤｏｍか、それとも――」

ますます彼が目を眇《すが》め、ぎっと睨《にら》み据えてくる。

その強烈な炎のような視線に身体が炙《あぶ》られるようで、手足がぴりぴりしてくる。頭もぼんやり霞《かすみ》がかってしまい、まともにものが考えられない。

「跪け《ニール》」

腕を組んだ拓也が薄く笑いながら見下ろしてくる。

「……ッ」

Ｄｏｍとわかっていてコマンドを発するのか。しかし、意思とは裏腹に、身体は勝手に動いてしまう。ソファからすべり落ち、絨毯《じゅうたん》張りの床に跪いた。

――信じられない、信じられない。僕はＤｏｍなのに。

「コマンドが効いてるようだな。わかるか、蓮。おまえは――Ｄｏｍじゃなくて、Ｓｕｂだ」

「うそ、だ……！」

床に手をついた状態で言っても説得力がない。

必死に目力を込めて、グレアを発する。しかし、日常的に使っていないせいか、弱々しい熱がとろりと身体の外側に溶け出すだけだ。こんなのでは、拓也のグレアを弾き返せない。

「お座りしてみろ」

コマンドが命じられた途端、勝手に身体が動き、床にぺたんと腰を下ろしてしまった。

「やっぱりおまえはＳｕｂだ。Ｄｏｍではあったものの、Ｓｕｂの因子を内包していたんだろう。それが俺のグレアを受けて萌芽《ほうが》した。どうだ、コマンドを受け入れる気分は」

「っ、く、そ……っこん、なの……っ」

なにかの悪い冗談だ。先ほどの食事に拓也が妙な薬を混ぜ込んで、一時的に蓮をＳｕｂにしてしまったのではないだろうか。

身体が熱い――もっとはっきり言えば、身体の芯が熱い。肌が火照《ほて》り、背中を汗がつうっと滴《したた》り落ちていく。

睥睨してくる男の前で情けない格好をしているのが悔しくて、ギリッと歯軋《はぎし》りをした。

我ながら混乱してしまう。

一方では拓也への反発心。なんとしてでもこれ以上屈してたまるかという思い。

その一方で、もっと命じられたい、コントロールされたい——支配されたいという思いが渦巻いていた。

おかしいほどに昂《たか》ぶっている。

——早く。早く命じて。この熱を解放して。

はあはあと肩で息をする蓮の前に膝をつき、拓也が顎《あご》を親指で押し上げてきた。

「敏感そうないい目をしてる。自分でわかってるか？　男を欲しがって潤《うる》んでる目だ」

「そんな……はずない……っ！」

「でも、コントロールされたいだろう？　俺に支配されたいだろう？」

狂おしいまでの欲情に煽られて、視界が涙で滲んできた。

Ｄｏｍなのに、こんな惨《みじ》めな姿を晒《さら》すぐらいなら、舌を噛んで死んだほうがマシだ。

「認めろよ。——足を開け《プレゼント》」

耳元で囁かれた声がスイッチになった。背筋を震わせながらもじもじと膝頭を擦り合わせ、彼の命ずるままに床に尻をつけた状態で両足を開いていく。

手が伸びてきてクロップドパンツのジッパーを引き下ろされ、脱がされた。

むくりと塊《かたまり》が突き上げてくる。そこに手のひらをかぶせてきた拓也が、「いい反応だ」と口の端を吊り上げて笑う。

嫌だ、こんなのは。自分は絶対にＤｏｍだ。Ｓｕｂじゃない。命令されて喜ぶＳｕｂじゃない。

舌先をきつく噛んで意識をはっきりさせようとしているのに、力が入らず、呻《うめ》き声が漏れてしまう。

「ん……んぅ……っん……」

「蓮、男との経験は？」

激しく首を横に振った。

「じゃ、女との経験は」

一瞬ためらったが、「答えろ」と命じられて、嫌々首を横に振る。

拓也は笑みを深くし、蓮のそこにあてがった手をゆっくりと動かし始めた。

「ほんとうのバージンか。面白い。俺がおまえの最初になってやるよ」

「ッ、ばか、いうな……！　あ、あっ、あぁっ……！」

いきなりきつく下肢を揉《も》み込まれ、先端からじゅわりと愛蜜が滲み出して、下着を濡らした。

「や、やだ、いやだ、離せ……っ――んぅ、う、う……あぁ……」

「声が蕩けだしてる男が言うことか。ここでやめたらＤｏｍの名折れだろ。任せろ。俺が極上の快楽を教え込んでやる」

言うなり彼も床に座り込み、へたり込んでいる蓮を背後から抱え込む。そうしてもう一度両足を大きく開かせ、下着の縁をいたずらっぽく引っ張った。

「もうヌルヌルじゃないか」

「言う、な……っ」

はみ出させられた先端をねちねちと指で捏ねられてしまえば、喘《あえ》ぎ声しか出なくなってしまう。

「あ、ん、んっぅ、う、んん」

「普段自分で弄《いじ》ることは？」

耳たぶをうしろから噛まれて、力なく首を横に振る。

「たまに、しか……そこ、あっ、あっ、やぁ……っ」

「いい触り心地だ。濡れやすいんだな、おまえ」

くくっと低い笑い声が鼓膜に忍び込んできて、余計にぞくぞくする。彼の声そのものがいけない薬みたいだ。

下着の中にするりと手が忍び込み、双玉をかりかりと爪《つめ》で引っかかれてたまらない。

ぶるっと身体を震わせれば肉茎に五指が巻き付き、垂れ落ちる愛蜜を助けにしてにちゃりと扱《しご》き上げる。

待ち望んでいた強い快感にのけぞり、息を乱した。

「蓮の弱いところはここか？　それとも、こっちか？」

くびれをぐるりと指でなぞられた次に、浮き立つ筋を辿《たど》られる。そのひとつひとつが鮮烈な快楽となって意識に刻み込まれ、もう他にはなにも考えられない。

「触れば触るほど濡れる。いい子だ《グッドボーイ》」

髪をくしゃりと撫《な》でられて、なんの前触れもなく圧倒的な幸福感で胸が満たされる。

気持ちいい——すごく。

性器を弄られるのも、髪を撫でられるのも。

いい子だ、と褒められるのはもっと気持ちいい。

「あ——は……ぁ……」

くちゅくちゅと割れ目を開かれて敏感な粘膜を擦《こす》られ、どうしたって腰が揺れる。

なんの経験もないのに、快感だけはきちんと拾うようだ。

「気持ちいいか」

「ん、っう、ん……」

「いいならそう言え」

「……い、……いい、……きもち、い……」

掠《かす》れた声が口をついて出るのが信じられない。

こころと身体がバラバラになったみたいだ。

欠片《かけら》ばかりの理性が、これ以上深みに嵌《は》まったらいけないと鋭く警告しているのに、それよりもっと激しい本能が拓也を欲しがっている。

根元からぐちゅぐちゅと扱き上げていた手がくびれをきゅっと締める。

「ッ、ん……！」

「戸惑っているようだな。このままやめてもいいし、続きをするのもおまえの意見を聞いてやる。どうしたい？　ただしひとつ言っておく。もし、続きを求めるならこれから先おまえは俺だけのSubだ。そのことを認めろ」

「く、ぅ、……っん……ん、は――……っあ……っ」

硬い爪の先でくびれをかりかりと引っかかれてむず痒《がゆ》い快感が迫ってくる。あと少しでイけそうなのに、大きな手のひらが根元に下りてそこをぎゅっと強く締め付ける。そうするとイきたくてもイけなくて、獰猛《どうもう》な射精感が身体の奥で暴れ回る。

足をばたつかせて、必死に抵抗した。

イきたい、イきたい。

でもそれを受け入れたら、拓也のSubになってしまう。

Subについて偏見はないが、実際ここまでされているのだ。

この先いったいなにをされるのか不安がつきまとう。

だけど、意地悪く肉茎を撫で回す男の手から逃れられない。むしろ、逃げたくなかった。

「ほら、強情張ってないで言え。俺だけのＳｕｂになりたいだろう？」

蜜がたっぷり詰まった双玉を親指でぐっと押され、びくんと身体が弓なりになる。背中がじっとり汗ばんでシャツが肌に張り付き、気持ち悪い。

いっそ裸にしてくれたらいいのにとすら思ってしまう。

この男に抱かれたらどうなるんだろう？

背中越しに感じる分厚い胸に抱き締められ、いいように振り回されたい。

男同士の性行為についてはおぼろげながら知識がある。もし自分が拓也のものを受け入れることになったらどうなるんだろう。

乱暴に抱かれるのか。それとも丁寧にじっくりと炙られるように愛撫された果てに繋《つな》がるのか。

考えれば考えるほど頭の中が拓也のことでいっぱいになっていく。

ごりっと背後から硬いものを押し当てられて、心臓がごとりと大きく跳ねる。

——興奮してるんだ、彼も。

命じられたら、なんでもしてしまいそうだ。

『舐《リック》めろ』と言われたら、拙《つたな》く舌をのぞかせて懸命に彼の太竿をしゃぶる自分が脳裏に浮かぶ。

「ん、んっ、あ、あっ、や、や、も、……あっ……！」

「ふふっ、ひとり勝手に妄想してたな？　さっきよりもガチガチだ。ほら、いい子だからイかせてと言え。そうしたら何度だってイかせてやる。おまえに尽くしてやるのがＤｏｍとしての俺の役目だ」

「あ、ん、っん、っ、んんん……！」

あと一歩で陥落してしまう。

彼の手中に落ちてしまう。

イきたい、イきたい、――イかせて。

火照る身体をくねらせながら訴える。言葉にしなくたってこれだけ昂ぶっているのだ。もったいをつけずにイかせてほしい。

なのに、拓也は最後のひと言を辛抱強く待っている。蓮自身の意思を確かめているのだ。

するりと片方の手が胸をまさぐり、ボタンをひとつふたつと器用に外したかと思ったら、ざわめく肌をいやらしく撫で回し、尖りをくにくにと意地悪く揉み転がす。

そしてきゅうっと先端をつまんでくりっとひねった。

「ア、ア、ん、や、ぁっ、あっ、だめ、だめ、も、イかせ、て……っ」

「乳首が弱いのか。いい子だな、開発しがいがある。――イかせてやる」

ぬるりと蠢《うごめ》く手のひらが肉竿を包み込み、緩急をつけながら激しく上下する。焦れったく先端の割れ目をひと差し指で開かれ、敏感な粘膜を指の腹で擦られたことでもう我慢できなかった。

「イ、く、イっちゃう……っ！　あ、あ、あっ……！」

亀頭の丸みをやわやわと揉まれた瞬間、どっと吐精した。

堪えに堪えた快感が弾け、熱い飛沫《ひまつ》となって飛び出していく。

「あ、――はぁ、っあ、っは……ぁ……ン、ん……っう……」

「よく言えたな。おまえはほんとうにいい子だ」

何度も繰り返され、うなじに熱いくちびるが押し当てられる。急所のそこを軽く、強く吸われるたびに蓮は身体を小刻みに震わせ、白濁を散らし続ける。

胸がじんじんと痛いほどに疼《うず》いて、もっと強い刺激を欲しがっている。

自分の手で仕方なく劣情を処理するのとはまるで違う、他人の――拓也の愛撫。

その手管のすべてを知りたがっている自分に気づいて息を呑む。

彼も軽く息を弾ませ、蓮の白濁でたっぷりと濡れた手を見せつけてきた。長い指に白い滴《しずく》が絡まり、見るからに淫らだ。

「おまえのすべてをもらうぞ、蓮。今日からおまえは俺のＳｕｂだ。いいな？」

念を押され、朦朧《もうろう》とした意識で蓮はこくりと頷いた。

こころよりも、身体が背後の男を欲しがっている事実を認めなければいけない屈辱《くつじょく》と、快感の名残《なごり》が複雑に絡み合っている。

そこに明確な答えはひとつしかない。

拓也のＳｕｂになることで、自分は変わっていくのだ。

精神と肉体は直結している。

いつか、このこころも拓也に服従するのか。

彼を欲してひれ伏すのか。

身もこころも拓也の言いなりになるのか。

——僕はＤｏｍのはずなのに。

大きく変わっていきそうな未来を思い浮かべてぐったりと拓也にもたれかかり、力なく瞼を閉じた。

厚い胸に身体を預ければゆったりと抱き締められ、耳裏に繰り返しくちづけられる。それがなんとも心地《ここち》好い。

「いい子《グッドボーイ》だな。俺にその身を委ねろ」

何度でも聞きたいその言葉に身体が甘く震える。

もう一度、してほしい。今度はもっと長く時間をかけて、蕩かしてほしかった。

そんな想いが芽生え始めているのがまだ信じられないが、いまは深く考えられない。
くすりと笑う声がこころの奥深くにまで染み込むようだ。

第三章

「衣類はこれぐらいでいいか。本が結構嵩張《かさば》るな」

ひと息ついて身体を起こし、額《ひたい》に滲んだ汗を手の甲で拭う。

梅雨が明けた途端、東京は夏日続きだ。

クローゼットを全開し、収納していた衣服はほとんど段ボール箱に詰めてあった。これが終わったら本棚だ。

そのあとキッチンを片づけ、全室を掃除したら一段落となる。

二年住んだこのマンションとも今日でお別れだ。二十七階からの眺めが気に入っていたから少し惜しいが、次は三十階建てのタワマンの最上階に住むことになっている。

新居はここから一キロほど離れた新築物件だ。

インターフォンが鳴ったので出てみると、液晶画面に穏やかな笑みを浮かべた男が映っている。

『こんにちは。引っ越し作業進んでる？　拓也に言われて手伝いに来たんだよ』

「ありがとうございます、慎一さん。いま開けますね」

オートロックを解除し、訪ねてきた男を迎え入れた。ほどなくして部屋のチャイムが鳴り、扉を開けるとコンビニのビニール袋を提げた長身の男が立っている。

「ひとりじゃ大変だろう。俺も手伝うよ」

「すみません、お気遣いいただいて」

「なんのなんの。俺たち三人はこれから『D．D．D』として活動するメンバーなんだし、これぐらい。喉渇《かわ》いただろう。ウーロン茶とスポーツドリンク買ってきたけど、飲む？」

「じゃ、ウーロン茶を」

「はい、どうぞ」

ビニール袋から取り出したペットボトルを手渡してくるのは、古谷《ふるや》慎一という。人気動画配信者のひとりであり、テレビでも拓也とコンビを組むと紹介されていた男だ。

窓際で冷えたペットボトルの蓋《ふた》をねじ切り、ごくごくと半分ほど飲み干す。

「美味しい。ちょうど喉が渇いてたんで嬉しいです。ありがとうございます」

「どういたしまして。それにしてもいい眺めだなあ。次のところはもっといいけどね」

「らしいですね。慎一さんは一週間前に引っ越したんでしたっけ」

「うん。あいつに『早く越してこい』ってせっつかれてさ。拓也、Ｄｏｍぞろいの俺たちの中でも一番強引だよね」

くすりと笑い、慎一がペットボトルを揺らす。

「君もかなり強硬に『Ｄ．Ｄ．Ｄ』に誘われたんじゃないか。大丈夫？　いままでひとりでのんびりやってきたんだろう。チーム活動はできそう？」

「正直言って、ちょっと不安ですけど……慎一さんもいますし。拓也さんとふたりきりでやれって言われてたら絶対に断ってました」

「はは、正直者だ。横柄に見えるけど、悪い男じゃないよ。育ちもいいしね。ただ、ほんとうにＤｏｍらしいというか。自分がひとを引っ張って当然と思ってる節があるんだよ。ああ見えて照れ屋なところもあるからさ、そのうち君にもわかってくるよ」

あの傲慢な男が照れることもあるのか。

内心不思議に思いながら、苦みの強いウーロン茶をゆっくり飲んでいく。

拓也と淫靡な時間を過ごしてから早二週間が経つ。

その間、さまざまな出来事があった。

まず、拓也と慎一との三人で動画を撮っていこうという誘いがあり、慎一を紹介された。そして、作業上、近くに住んでいたほうがなにかと便利だから引っ越してこいとも言われた。

いまの住まいが気に入っていた蓮は当然反駁《はんばく》したのだが、『ストーカーからも守ってやれるだろ』というひと言が決め手になった。

顔出しの仕事をしていれば、いつどこでなにがあるかわからない。それこそ、芸能人のようにサングラスやマスクである程度顔を隠さないと、「あ、蓮だ」と声をかけられることがちょくちょくあるのだ。

配信者は誰が自分を見てくれているかわからないが、視聴者は違う。好きなときに過去動画を何度も再生していれば、嫌だって蓮の顔が記憶に刷り込まれるだろう。実際、拓也も外に出かける際はかならずサングラスをしていると言っていたし、キャップをかぶることも多いという。

蓮は彼よりフォロワー数が少ないからそのへんをあまり気にしていなかったが、これまでに街中で声をかけられることはあった。

そのうえ、この間は見知らぬ男につきまとわれた。話しかけられるならまだ対応できるが、黙って跡をつけられるのはやはり怖い。

そんな胸中を見透かしたのだろう。

『俺の隣の部屋に住めばいつだって守ってやれる。いいから早く越してこい。俺の名義で部屋を借りてあるから』

そこまで言われたら、もう反論する余地はなかった。

身の危険を感じながらいまのマンションにひとりで暮らしていくことはできない。実家にいったん戻るかという考えもあったのだが、自分だっていい大人だ。蓮が独り立ちしたことで安堵し、夫婦水入らずで仲睦《なかむつ》まじく暮らしている両親の元へ逃げ帰るのはためらわれた。実家に戻ったら、動画配信も親の目を気にした窮屈なものになるだろう。

そんなわけで、渋々拓也のアイデアに乗り、いま、引っ越しの荷造りをしているのだった。

「『D．D．D』っていうグループ名、やっぱりあれですよね。Ｄｏｍが三人集まってるから、ですよね」

「そう、拓也の案。ラッパーにいそうな名前だけど、覚えやすいし。俺は拓也に比べたらグレアも控えめなほうなんだが、まあ一応Ｄｏｍだしね。蓮くんもそうだろ」

慎一に言われてどきりとする。

『これから先おまえは俺だけのＳｕｂだ』

拓也にそう言われ、高みに追い詰められた。

いまもってＳｕｂだという自覚はまるでない。Ｄｏｍである慎一の隣にいても動揺することはないし、グレアも感じない。慎一がコマンドを発したらどうなるかわからないが、彼は蓮をＤｏ mだと信じきっており、迂闊《うかつ》なことはしない性格のようだ。

明るく気遣いのできる慎一がいてくれるなら、とりあえず大丈夫だろう。

引っ越しにも、三人グループ『D．D．D』への加入も了承し、新しい住まいへと旅立つ。

この先どんな日々が待ち受けるかまったくわからないが、不安の中にもどこか浮き立つような気分があった。

新しいマンションには一度足を運んでいる。拓也を真ん中にして左右の部屋に慎一、蓮が住む。三人でひとつの部屋に住まないのは、互いのプライバシーを考慮した、と拓也が腕を組んで偉そうに言っていた。

三十階からの眺めは最高で、スカイツリーがよく見える。

「あのマンション、今月末の隅田川《すみだがわ》花火大会も綺麗に見えるんだって。楽しみだね」

「はい」

邪気のない慎一の言葉に頷く。

夜空に輝く花火をバックに動画を撮ろうと拓也が言っていた。その日を『D．D．D』チャンネルの発足日にする予定なのだそうだ。

すでに、「新しい企画が始動する」と拓也が自身のチャンネルで発言しており、多くの視聴者が楽しみに待っている。慎一とのコンビ動画が初めて上がるんじゃないか、と大方のひとは予想しているようだが、そこには蓮もいるのだ。

拓也や慎一にはフォロワー数こそ劣るけれど、蓮も人気配信者のひとりだ。

拓也、慎一、蓮が組む『D．D．D』が活動を始めるとなったら、動画サイトは大賑わいになるはずだ。

「さてと、残りの荷造りをやっつけちゃおうか。あとはなに？　ベッドルーム？　キッチン？」

「仕事部屋の本棚とキッチンです」

「だったら、俺が本詰めをするよ。蓮くんはキッチンの片づけをするのはどうだろう」

「助かります。お願いしちゃってもいいですか？」

「もちろん、そのために来たんだしね。拓也も君が新しく住む部屋を掃除するって言ってたよ」

顔に似合わずまめだなとふっと可笑しくなる。

あれだけ強引なことをしておいて、新居の掃除をしてくれるなんて。

まだ苦手意識は幾分か残るが――フローリングの床拭きをしている拓也を想像したら、そう悪い気分ではなかった。

「よう、お疲れ。ふたりとも大変だっただろ」

引っ越し業者がやってきてすべての荷物を新居に移動させたあと、蓮と慎一は拓也の部屋を訪ねた。

出迎えてくれた拓也は逞しい体軀にネイビーのエプロンを纏い、なぜだかお玉を持っていた。

「なんでお玉？」

「カレーを作ってる最中なんだよ。引っ越し祝いのカレー。美味いぞ」

「へえ、拓也が自炊するなんて珍しい」

くすくす笑う慎一の隣で、蓮も同じ気持ちだった。

派手好きな男だから、引っ越し最初の日は外食にするか、デリバリーを頼むのかと思っていたのだ。

鼻を蠢かすと、スパイシーないい香りが漂ってくる。

「ま、とにかくふたりとも上がれ。カレーももうすぐできる」

「じゃ、お邪魔しよう。蓮くんも」

「はい。……お邪魔、します」

いささか緊張気味の蓮とは違い、慎一は慣れた様子で用意されたスリッパを履《は》き、すたすたと室内に入っていく。

独り暮らしには豪勢な4LDKだ。広々としたリビングダイニングからはオープンキッチンが見える。

四人掛けのテーブルにはすでに黄色のランチョンマットが敷かれ、サラダを盛った大きなガラスボウルが中央に置かれていた。

「なにか手伝おうか?」

「じゃ、皿を運んでくれ。蓮は冷蔵庫からビールを出してくれないか」

「わかりました」

言われたとおり、両開きの大きな冷蔵庫を開く。ほとんどなにも入っていない庫内には、缶ビールの六缶パックがど真ん中に鎮座している。そこから三本取り出し、テーブルに置く。

慎一が木製のトレイにカレー皿を載せて運びながら、「座っちゃいなよ」と言うので、窓を背に腰掛けた。その隣にエプロンを外した拓也がどかりと座る。

「インスタントのルウを使ったけど、ちゃんとうまくできたと思うぞ。まずは、蓮の引っ越しを祝って、乾杯!」

「乾杯!」

「乾杯、ありがとうございます」

缶の縁を触れ合わせ、キンキンに冷えたビールを呷る。

「ほら、冷めないうちに食べよう。蓮、サラダ取ってやる。たくさん食べろよ。慎一も」

「はい」

「サンキュ。拓也って結構まめまめしいよね」

「皿洗いは任せた」

「わかってるよ」

「僕も手伝います。あ、……美味しい、このカレー」

「だろ？」

得意げに顔をのぞき込んでくる拓也に、ぎこちなく微笑《ほほえ》み返す。

ジャガイモもニンジンもタマネギもしっかり煮込まれている。豚肉を使ったポークカレーは辛口で、汗をかきたい夏にぴったりだ。

「蓮はとりあえず自分の荷解きをしろ。こっちは大丈夫だから」

「そうだよ。とりあえず、ベッドルームだけでも。今夜床で寝ることがないように」

「わかりました。じゃあ、お言葉に甘えて」

とはいってもベッドルームには以前使っていたベッドをそのまま運び入れてあるので、敷きパッドとシーツや枕カバーを取り付けるだけでできあがりだ。

「あとでドラッグストアに行ってきます。ボディソープやシャンプー、前の部屋で使いきってきたので」

「うちのストックがあるから持っていけよ。香りを気にするほうか？」

拓也に問われ、首を横に振る。別段、これといってこだわりはない。

「シトラスの香りがするボディソープとシャンプー、コンディショナーのストックがあるから、持っていけ。歯ブラシと歯磨き粉もある」

「ありがとうございます。なにからなにまですみません」

「拓也、蓮くんが好きなんだな。俺が越してきたときはそんなに親切じゃなかった」

冗談めかす慎一に、拓也はしれっとした顔で「当たり前だろ」と言う。

「蓮には前から目をつけてたんだ。ひとりで動画配信したそうだったけど、これからもっとフォロワーが増えるだろ。そうなったら編集や視聴者対応も大変そうだから、どこかの事務所が声をかけるよりも先に攫《さら》っておこうと思った」

「攫おうって、誘拐じゃないんですから」

思わず言い返したものの、拓也は機嫌を損ねることなく、「もっとサラダを食べろ」と皿に盛りつけてくれる。案外面倒見のいい男なのかもしれない。

「で、初動画は隅田川花火大会の夜に撮るんだっけ？」

「その予定だ。ライブ配信してもいいけど、最初の数回はちゃんとした動画を流して、着実にフォロワーを増やしたほうがいいしな。人気があるっていったって広い動画の世界だ。俺たちのことを知らない奴もいるだろうし、確実な線を取りたい」

　スプーンでカレーをすくい、拓也は頬張《ほおば》る。よく咀嚼《そしゃく》してビールで流し込み、ひと息ついたところで、「最初の一週間は連日動画を出すぞ」と宣言した。

「基本、三人での行動がメインだが、俺のドライブ、慎一の手料理、蓮の好きな本や映画にまつわる話という特色も生かしていきたい。俺がステアリングを握ってふたりが後部座席からわいわい言うのとか、楽しそうだろ？」

「確かに。拓也さん、いつもひとりで喋りながら運転してましたけど、そこに僕らが交じるとまた違う化学反応が起きるかもしれませんね」

「だね。やっぱり、『D．D．D』のリーダーは拓也かな。蓮くんはどう？」

「……いいと、思います。Ｄｏｍとして一番迫力があるし、企画力もあるし。僕に異論はありません」

「俺は構わないが、企画はみんなの意思を尊重するからな」

　綺麗にカレーとサラダを平らげた拓也が腹をさする。

「じゃ、それで決まり。ごちそうさまでした。後片づけは俺がやるから、蓮くんは荷解きしておいで」

「すみません。今度は僕も手伝いますから」

「部屋に戻る前にボディソープとかシャンプーとかあれこれ持ってけ」

「はい」

皿洗いに慎一が立ち上がり、拓也は日用品をストックしている棚から必要な物を取り出し、紙袋に入れる。

「あ、それと蓮、九時過ぎに俺の部屋に来てくれ。このマンションの設備について案内するから」

「わかりました」

頷いて、紙袋を受け取る。ドラッグストアでは見かけない商品ばかりだ。ネット通販でまとめ買いしているのだろう。

とりあえず自室に戻ってベッドルームを掃除し、今夜の寝場所を確保しよう。


ベッドルームの荷解きをし、寝床を完成させたあと新しいバスルームでゆっくりと風呂に浸かった。前もってどの部屋にもエアコンが点いていたけれど、思いのほか汗をかいた。

拓也にもらったボディソープは爽やかなシトラスの香りで、さっぱりした洗い上がりだ。

シャンプーとコンディショナーは同じフランス製で、よく泡立ち、しっとり髪に馴染む。

「世話になっちゃったな……あとでお礼言わないと」

足を長々と伸ばしてもまだ余裕のあるバスタブだ。ここも4LDKで、独り住まいの蓮にとっては正直広すぎる。

作業部屋の他に、書庫を作ろうと思う。電子書籍が強くなってきた時代で、蓮もデバイスを持っているが、紙の本も大切にしていた。ページをめくる感覚が好きなのだ。

風呂に入るときは防水機能付きの電子書籍、寝る前は紙の本の世界に浸る。気になる本は毎月山のように出るから吟味《ぎんみ》する必要があるけれど、せっかく広い部屋に引っ越したのだ。気兼ねなく、紙の本を増やしていきたい。

明日あたりにでも、ネットで頑丈な本棚を探そう。図書館、とまではいかないが、自分の好きな本で埋めた部屋を作りたい。

ほっとする香りに包まれて風呂を上がり、バスタオルで丁寧に全身を拭う。それから急いで髪を乾かし、スマートフォンで時間を確かめるともう九時過ぎだ。

清潔な下着とルームウェアに着替え、隣の部屋のチャイムを押した。

「のんびり風呂に入れたか？」

拓也がそう言って出迎えてくれる。彼も風呂上がりらしい。グレイのルームウェアという姿で蓮を招き入れ、そこでぱたんと後ろ手に鍵をかける。

その他愛ない行動になぜか胸騒ぎを覚え、素早く振り返った。

「拓也さん？　施設を案内するって話じゃ」

「それよりも先にすることがあるだろう」

すうっと目を眇めた彼に射貫かれた途端、胸を鷲摑《わしづか》みにされるような強い衝動が突き上げてきて頭がくらくらする。

グレアだ。Ｄｏｍ特有の強烈なオーラに圧倒されて、逃げることもできない。

「ッ……！」

蛇《へび》に睨まれた蛙《かえる》のごとく一歩も動けず、彼と視線を絡めたままずるずると玄関の壁にもたれてしゃがみ込んだ。

そんな蓮をひょいっと抱き上げ、拓也はベッドルームへと足を入れる。

「自分がＳｕｂだってことは自覚したか？」

「して、な……っい……」

「だったらどうして俺のグレアにここまで敏感に反応する？　目も潤んで、息も荒い。俺に抱かれたことは忘れてないだろう」

「そ、んなの――……」

息も途切れ途切れに精いっぱい言い返す。手足を必死にばたつかせるが、たいした抵抗にならないのが悔しい。

「わす、れ、ました」

「ふぅん、意外と強情だな。そういうのも悪くないぜ。ただ素直に言いなりになるＳｕｂじゃ面白くないからな。——俺がおまえのＤｏｍだってこと、今夜徹底的に思い知らせてやる」

「や、だ、……となり、慎一さんが……！」

「あいつは友だちと飯を食いに行って不在だ。……なあ、蓮、この間俺にされたことを思い出してひとりでしなかったか？」

ダブルベッドに組み敷かれ、力なく首を横に振る。

「ほんとうに？」

ぐっと睨まれ、またも一段階、身体から力が抜けていくが、嘘ではない。

あれがあまりに衝撃的で、自分の身体に意図的に触れるのが怖かったのだ。

拓也の指遣いを思い出して自慰するなんて、絶対にできなかった。

「そうか。だったら、今夜が二度目だな」

のしかかってくる彼からシトラスの香りが漂ってくる。そこには雄の濃厚な気配も混じっていて、自然と息が浅くなってしまう。

煽られている。自分でもわからない熱の塊が喉元にこみ上げてきて、いまどこかに不用意に触れられたら叫び出してしまいそうだ。

「どうしていままでＳｕｂだと自覚しなかったんだ？　一度もＤｏｍのグレアを受けたことがなかったのか」

「な、い」

「深層心理におまえはＤｏｍだと刷り込まれた可能性があるな……ちいさい頃、かかりつけの医師はいたか」

こくんと頷いた。

花泉家には月に一度往診に来る初老の男性医師がいた。両親も蓮もその医師に健康状態を診《み》てもらっており、風邪を引いたときなどは処方箋を書いてもらったものだ。ありがたいことに大病をした経験がないので入院経験はないが。

拓也はなにを疑っているのだろう。

「もしかし、て、……僕がほんとうはＳｕｂで、でも……Ｄｏｍだと暗示をかけられた、とでも言うんです、か」

馬鹿な、と笑おうとしたが、くちびるをひと差し指でそっと塞《ふさ》がれ、言葉にならない。

「その可能性もゼロじゃない。こんなに綺麗なＳｕｂが手つかずでいままで生きてきたなんて俺だって信じられないぐらいだ。俺以前に誰かと触れ合ったことはないんだろう？　Ｄｏｍとしてコマンドを発したこともないんだろう？」

嫌々だが、これも仕方なく頷いた。

彼の言うとおりだったからだ。

誰ともパートナー関係になったことがないし、二十五歳になったいまでも性経験はない。

しっとりと汗ばむ肌からルームウェアを剝《は》がし、下着一枚の姿にさせたところで、拓也は不遜《ふそん》に笑う。

「だったら、いまのおまえは芽生えたてのＳｕｂだ。俺以外の前でＤｏｍの仮面をつけるのは構わない。だが、おまえのほんとうの姿はＳｕｂだということを認めろ。俺のグレアに屈したのが証拠だ。今夜おまえにＳｕｂがどう振る舞えばいいのか教えてやる。怖がることはしないから安心しろ」

そう言って拓也は蓮にまたがり、胸を反らして上衣を脱ぎ捨てる。鍛えられた半身を目の当たりにしただけで胸が弾み、喉がからからに渇いていく。

——命令して。

頭のうしろのほうでじんわりと願う。

なんでもいい、命令してほしい。

そう願うのは自分のはずじゃないのに。

こころが真っ二つにされた感覚を味わいながら、蓮は逞しい胸、引き締まった腹をぼうっと見つめる。斜めに鋭く走る鎖骨《さこつ》の溝に触れてみたい。硬い骨の感触をこの指で確かめてみたい。

願えば願うほど下肢が熱くなり、じゅわりと熱が滲み出す錯覚に陥る。

「もう感じ始めているようだな、見せてみろ」

「や……っ！」

昂ぶりを知られたくなくて腰をよじったが、無駄な抵抗だ。

拓也がじっとそこを見つめてくる。そのせいで、余計に疼きがひどくなり、もうどうにかしてほしいとさえ願ってしまう。

――早く、早く、命令して。

大きな手でボクサーパンツを焦れったく引き剝がされ、穿《は》き口からぶるっと亀頭がしなり出た瞬間、「ん……！」と甘い声を上げた。

「もうぐっしょりじゃないか」

「ちが、……っ、これ、は……あ、あなたが……」

「俺が？　まだコマンドを出してないぞ。なのにどうしてこんなに勃起させてるんだ」

じゅくじゅくに濡れた亀頭を指でつつかれ、カッと頬が熱くなる。

激しいグレアを浴びたからだ。拓也にくまなく見つめられているからだ。

そう思えば思うほど、自分がほんとうはＤｏｍではなく、Ｓｕｂなのかもしれないという想いが強くなっていく。

先ほど思わず口にしたとおり、かかりつけの医師が蓮の幼い頃に暗示でもかけたのだろうか。Ｄｏｍぞろいの一家に生まれ育ったのだから、自分だけがＳｕｂだなんてあり得ないが——そういえば、とぼんやりと思い出したことがある。

母方の祖父がＳｕｂだったと聞いたことがあったのだ。

あれは幾つの頃だろう。細かな背景を思い出せないから、四、五歳ぐらいだっただろうか。

祖父が亡くなった通夜の席で、噂好きの親族たちが額を突き合わせながらひそひそと話し合っていたのを耳にしたことがあったのだ。

『これでうちの一族にはＳｕｂはもういないわよね』

『たぶんな。稀に隔世遺伝でＳｕｂ因子を持つ子が出る可能性もあるらしいが……』

キッチンにジュースを取りに行った蓮は大人同士の密やかな会話を聞いたものの、そのときは幼すぎて意味がわからなかった。しかし長ずるにつれ、ＤｏｍとＳｕｂの違いがわかるようになり、この世には支配したい者とされたい者がいるのだと認識した。

——僕はＤｏｍだ。だって父さんも母さんもＤｏｍだ。僕を可愛がってくれた父さんたちが嘘をつくはずがない。

だったら、いまなぜ、拓也にコントロールされたがっているのだろう。

身体の隅々まで暴いてほしがっている己をまだ信じられずにいると、拓也が睥睨してくる。

「——足を開け」

脳髄《のうずい》まで甘く痺《しび》れるコマンドだ。

その言葉の意味を身体は正直に受け取り、蓮は二度三度、もじもじと膝頭を擦り合わせたあと、おそるおそる足を左右に開いていく。

下生えまで先走りでぐっしょり濡れた性器も、秘所も、すべてが拓也の強い視線に晒される。

ここでもう一度グレアを浴びたら、そのまま射精してしまいそうな強烈な陶酔感に囚《とら》われていた。

「いい子だ。俺のコマンドをしっかり聞いているようだな」

「ん……っあ、あ……たくや、さ、……っあ……!」

おもむろに拓也が顔を伏せてきて、蓮のそこをぺろっと舐め上げた。

「……ッ！」

ぎりっと奥歯を噛み締めるほどの快感に嬲《なぶ》られ、涙が滲む。

「やめ……やぁ……っなめ、る、のは……っ」

「そのまま足を開いていろ。おまえのここを舐めるのが俺の役目だ」

言うなり、肉茎の根元をぎっちりと摑んだ拓也がちろちろと舌先で亀頭を舐め始め、ずるぅっと筋を辿っていく。

「ん、ん、あっ、あ――ん……っ」

強い刺激をせがむような声が寝室内に響き渡る。鼻から抜けるようなその声が自分のものだと信じたくなくて奥歯を嚙み締めるのだけれど、それに気づいているのか、拓也がすっぽりと亀頭を咥《くわ》え、敏感なくびれにかけてぐちゅぐちゅとしゃぶりだす。

あからさまな行為に瞼の裏がちかちかしてくる。声が止まらず、勝手に腰が揺れてしまう。

「ん、っ、あっ、たく、やさん、拓也、さん……っ」

「そのまま足を開いていろ」

「ん――……！」

コマンドにはどうしても逆らえない。

彼の声を聞くと意識に靄がかかり、自分が自分ではなくなってしまうみたいだ。

「蓮のここ、舐め心地が抜群だな。形もいい。俺の手にしっくり嵌まる。……ここはどうだ？」

ツツッと舌先が落ちて双玉をぱくりと咥えられた途端、びくんと背筋がのけぞった。

「やぁ、っ、あ、あ、だ、め、だめ……っ」

熱い口内でくりくりと舐め転がされ、ぞくぞくするような快楽の虜になってしまう。彼がDo

ｍだということは認めるけれども、どうしてこうも自分の弱いところを知り抜いているのだろう。

じゅるっと啜り込まれ、あまりの愉悦にしゃくり上げてしまった。

「そ、んな、とこ、なめ……ない、で……」

「まだそんなこと言ってるのか、お仕置きするぞ」

「っん……！」

低い声で『お仕置き』と言われると、期待と不安で胸が揺れる。

怖いことをされるのかもしれないのに。だけど、なぜか、痛い目には遭《あ》わせられないはずだという確信があった。

――僕は、彼だけの、Ｓｕｂだから。

苦い薬をごくりと飲み込むのに似ていて、芽生えたばかりの意思を己に言い聞かせれば、肌という肌がざわめき、さらに身体が火照る。

毛穴が開いて汗が噴き出し、蓮の身体を艶めかしく彩っていく。

「少しずつ自覚しているようだな、いい調子だ。膝の裏を自分で持って開いていろ」

「っ、く……！」

がくがくと震えながら、指示に従う。ぬるりと汗ですべる膝裏に手を差し込み、少しずつ持ち上げていく。そうするとひくつく窄《すぼ》まりがあらわになる。

「まったく使ってないな。きつそうだ。舐め解してやる」

「ン、ン……！」

窮屈に締まる孔をちろっと舐められただけでびくびくと身体が波打つ。

違和感もあるが、どうしてだかひどく気持ちいい。拓也のグレアのせいで感度がおかしくなってしまったのだろうか。

じっくりと孔の縁を舐め回しながら、拓也が唾液《だえき》で濡らした指をもぐり込ませてくる。最初は試すように第一関節だけ。それだけでも相当な圧迫感があり、腰がずり上がりそうだ。

「ほら、しっかり開いていろ」

「……う、う……ん……っ」

いやいやと頭を振りながらも、蓮のそこは男の愛撫を悦《よろこ》び、少しずつ、少しずつ開いていく。

ぬちゅ、と淫らな音とともに指が押し込まれ、引き抜かれる。肉襞が蓮の意思とは裏腹に蠢き、彼の指を欲しがってわななく。

ぬちゅり、くちゅくちゅ、と繰り返されるたびに窄まりはほころび、熱を孕《はら》んでいく。蓮が意識していないずっと奥のほうで。

もう少し挿《は》ったところで上向きにくいっと曲がった指が、潤む肉壁を執拗《しつよう》に擦り始めた。

「あ……っ？　あ、あ、なに、……そこ、……そこ、やぁ、……っあ、あ、あぁっ！」

「おまえのいいところに当たったようだな」

長い指の腹でそこを擦られるたびに腰が跳ね、もっと奥へと誘い込んでしまう。

苦しいはずなのに、もっと大きな熱を欲しがっていた。

息もできないぐらいに抱き潰《つぶ》してほしい。もっと奥を探ってほしい。

浅ましい願いを口にすることは到底できないから、懸命に身体をくねらせながら喘いだ。

そうするとさらに指が奥へ忍び込んできて、ぐしゅぐしゅと音もひどくなる。

「おまえの中めちゃくちゃ熱いのな。とろっとろになってるぞ」

「い、わない、で……」

初めての快感に振り回され、もう涙でぐしゃぐしゃだ。

いいと言えば指を引き抜かれるし、嫌だと言えば押し込まれる。

「拓也さ、ん、いじわる、い……っ」

「俺ほどやさしいＤｏｍはいないぞ。ちゃんと足を上げてろ。そう、そうだ。俺によく見えるように。いい子だな、蓮は」

「あ、あ、ん、ん……」

続きをねだる声なんて出したくないのに。

だけど身体の奥の疼きは刻一刻と増していき、指を二本咥え込まされながら肉茎を扱かれたところで、一気に視界が白くなった。「あ……」と声を掠れさせ、ぶるりと身体を震わせて弓なりにのけぞる。

「スペースに入ったか」

くすりと笑い声がする。

頭がふわふわして、もう彼の声しか聞こえない。聞きたくない。

拓也の声だけを聞き、身体もこころも委ねてしまいたい。

「おねが、い、も、だめ、ゆるして、これ以上……っも、おねがい……！」

「イきたいか？　うしろを弄られながら出したいのか」

「ん、ん」

「出したいならちゃんとそう言え」

「う……ん……っ」

苦悩と快楽の狭間《はざま》で激しく揺れ動き、蓮はくちびるをようよう開く。

「だし、たい……っ」

「じゃあ、俺の口の中に出せ」

「だめ、だめ、あっ、あ、ア――……！」

再び性器をしゃぶられ、窄まりも指で犯される。肉厚の舌が亀頭の割れ目をじゅるっと啜り込んだ瞬間、どくんと熱が大きく弾けた。

「あぁっ……！」

止められない衝動が次から次へと溢《あふ》れ出て、拓也の口の中を満たしていく。放っている間もしつこく啜られて、性器が熱を持ったみたいにじんじんしてしまう。

「よくできたな。Ｓｕｂとしておまえはちゃんと俺の口の中に射精できた」

ごくりと喉を鳴らし、拓也がそうっと指を抜き、いたわるようにそこをやさしく撫でる。

「こっちの開発はゆっくりしてやる。いつか俺と繋がれるように。……ああ、目が真っ赤だ。泣きっぱなしだったか。来い、アフターケアだ」

「あ……」

隣に拓也が寝そべり、達したばかりで力の入らない蓮の顔中にくちづける。

「アフターケアをしないとＳｕｂは駄目になっちまう。俺のコマンドをよく聞いたご褒美だ」

「ご、褒美……」

ちゅ、ちゅ、と甘やかなキスが繰り返され、じんわりと嬉しい。

素直に気持ちよかった。

もっと続きをしてほしかった気もするけれど、Ｓｕｂとしての自覚が芽生えたばかりの蓮にとってはこれが精いっぱいだ。

「僕……ほんとうに、Ｓｕｂなんですか……」

「間違いなくな。さっき、スペースに入っただろ？　俺が愛撫している最中に意識が真っ白になってなにも考えられなくなっただろ」

「……うん……」

抱き寄せられて、彼の腕の中にすっぽりと収まる。あやすように背中をとんとんと穏やかに叩かれ、荒れていた息遣いもだんだんと静かになっていく。

「Ｓｕｂスペースっていうのがあるんだ。行為中におまえの意識が完全に俺の支配下に置かれて、イくことしか考えられなくなっちまう。さっき、おまえが味わった感覚はそれだ」

「そんなのが、あるんですか……」

背中を撫でられているうちに、意識がゆるゆると解けていくようだった。

散々泣いたし、振り回されたし、最後には彼の口の中で達した。

その余韻に浸りながら、疲れきってうとうとし始めた蓮に拓也はくすりと笑い、「少し寝ろ」と低い声で言う。

「これは命令じゃない。おまえの寝顔を見せてくれ」

「……拓也さん……」

傲岸《ごうがん》不遜な彼にしては珍しく甘く掠れた声だ。

いつからＳｕｂだったのだろう。生まれつき、そうだったのか。そしてその自我を何者かに封じ込められ、いままでＤｏｍとして生きてきたというのか。

「おまえは俺だけのＳｕｂだ」

呪文のように拓也が呟《つぶや》く。それから蓮の髪をやさしく撫でる。

「いい子だから寝ろ」

考えなければいけないことは山のようにあったが、ほんとうにまじないにかかったように、ことんと蓮は眠りに落ちた。

第四章

「こんばんは、慎一だよ」

「よう、お待たせ。拓也だ」

「こんばんは、蓮です」

「三人合わせてー……」

「『D．D．D』、今日からよろしくな！」

拓也がビデオカメラに向かって笑いかけるのと同時にひゅるるるると細い音がし、続いてパァンと大輪の花が三人の背後の夜空に咲いた。

今夜は隅田川花火大会。拓也の部屋で短い動画を撮り、急ぎ編集をして日付が変わる前にアップロードする予定だ。『D．D．D』結成動画が公開されることはすでに三人の個人チャンネルで予告しており、視聴者からの期待の声も高まっている。

「Ｄｏｍの三人が集まって『Ｄ．Ｄ．Ｄ』、命名したのは拓也なんだよ。ちょっとラッパーっぽいよね」

「わかりやすいグループ名がいいだろ？　覚えやすいし。な、蓮」

「一度聞いたらすぐに覚えてもらえそうですよね。で、リーダーは皆さん絶対そうだろうと思うんですけど、拓也さんです」

「この三人で活動してみようと言いだしたのは俺だからな。ちゃんと責任は取るよ」

ペットボトルの緑茶を手にした拓也が、三人並んで座るソファの背後を振り返る。

「今夜は花火大会だ。あんまり詳しく言うと住処《すみか》がバレちまうからぼかすけど、綺麗な花火が今年もあちこちで上がるといいな。慎一、蓮、手持ち花火をやったのはいつ頃だ？　最近やったか？」

拓也を真ん中にして向こう側に座る慎一が、「うーん」と腕を組む。

「もうだいぶやってないよね。たぶん大学のテニスサークルで合宿に行ったときにやった以来かなあ。蓮くんは？」

「僕は……高校生ぐらいの頃かな。家族で夏休みに伊豆《いず》の別荘に行ったとき以来、やってないかもしれません」

「お、伊豆の別荘なんてお坊ちゃんだな。蓮はいいとこのボンボンだもんな」

「そういう拓也さんや慎一さんだって。拓也さんの愛車はポルシェとフェラーリだし、慎一さんも普段から着てる服がめちゃくちゃお洒落なんですよ。ハイブランドをさりげなく組み合わせるのがとてもうまいんです。今度、このチャンネルで僕のコーディネイトをしてもらえませんか？」

「ぜひぜひ。蓮くんは綺麗な顔立ちをしてるから、なにを着せてもしっくり嵌まりそうだよね。カジュアルなのもいいけど、トラディショナルスタイルでかっちり決めるのもいいんじゃないかな」

「慎一、俺のコーデも頼む」

「はは、拓也はこう見えて動画を撮ってないときはルームウェアばかりだからね。せっかくのいい男がもったいないよ」

三人で賑やかに喋りながら十五分ほどの動画を撮り、「これからどんどん動画を上げていくからよろしくな」と言う拓也の両隣で慎一と蓮は手を振った。

「……っと、こんな感じかな？」

ビデオカメラを止め、慎一がひと息つく。花火はまだまだ続いていて、夏気分満点だ。

「出だしとしてはいい感じじゃないかな。それぞれ個性が出たトークができたし」

「そうだな。編集は俺がこれからパパッとやるから、慎一、なにか簡単に食べられるもの作ってくれないか。蓮も腹減っただろ」

「じゃ、僕は慎一さんを手伝います」

「オーケー、任せた」

ビデオカメラを持ってさっさと作業部屋に籠もる拓也の逞しい背中に、「仕事、早いひとですよね」と言う。

「思いついたら即行動の男だよ。同性としても憧れるな。あんなに男っぷりがいいのに浮いた噂がなかなか出ないっていうのも珍しいと思わない？」

「……思います。配信やってたら、お誘いのひとつやふたつ、ありますもんね」

ふたりでキッチンに立ち、簡単にうどんを作ることにした。慎一が自分の部屋からネギや油揚げ、うどん玉にめんつゆを持ってくる。もちろんどんぶりも三人前。

カップ麺でも充分事足りるのだが、「こういうのこそ手を抜かない」と慎一が微笑む。まな板や鍋の類《たぐ》いはさすがに拓也のキッチンにあるので、それを使うことにした。

「慎一さんはどうです？　視聴者さんからＤＭでお誘いを受けたり、ストーカーに遭ったりしませんか」

「お誘いはたまに来る。個人チャンネルでは相談事を聞くこともよくやってたからね。ストーカーには幸い遭ったことがない。そういう君は？　ストーカー、つきそうだけど」

図星だ。

少しうつむくと、「ごめんごめん」と慎一が苦笑いしながら顔をのぞき込んでくる。

「困った状態にあるって、そういえば拓也から聞いたっけ。つきまとってるのって男？　女？」

「男……みたいです。最近はひとりで出かけることがあまりないから、被害には遭ってませんけど」

「拓也がボディガードだもんな。あいつ、ちょっと強引だけど面倒見がいい」

「ですね。ちょっとどころか、結構、だけど」

言っているそばからうどんを茹《ゆ》で、油抜きした油揚げをめんつゆ、水と一緒に鍋で煮込んでいく慎一の隣で、蓮もネギを切る。

あっという間にきつねうどんのできあがりだ。仕上げに鰹節《かつおぶし》と小口切りにしたネギをぱらりと散らす。

「いい匂い……うどんやおそばの匂いって罪なところありますよね。立ち食いそば屋さんの前を通るとふらふら寄っちゃいます」

「わかるわかる」

テーブルにどんぶりを運んでいるところへ、ノートパソコンを持った拓也が近づいてきた。

「ざっと編集してみた。観ながら食べよう」

「わかりました」

三人がそれぞれ席に着き、テーブルに置いたノートパソコンに見入りながら、「いただきます」と箸《はし》を取る。

ふんわり漂う鰹出汁《だし》に鼻を蠢かせた拓也がまずはどんぶりに口をつけて汁を啜る。

「ん、美味い。慎一はほんとこういうものでも手を抜かないよな」

「カップ麺だと食べている途中で飽きるだろ？　ゴミも出るし」

「やっぱりおまえをメンバーにしてよかった」

「料理は任せてよ」

気さくに言う慎一が胸を張り、うどんを啜る。

拓也が編集ソフトの再生ボタンをクリックすれば、センスのいいハイテンポなイントロが流れ、『D．D．D』のロゴが画面に浮かび上がる。

「こういう素材、前もって作ってたんですか」

「まあな。ＢＧＭは海外のフリー素材を片っ端からあさった。ロゴ、結構いいだろ？」

「いいね。赤の文字に白縁が映えてる」

拓也、慎一、蓮の順でそれぞれの笑顔がカットインし、先ほど撮ったばかりの動画が流れだした。

『こんばんは、慎一だよ』

『よう、お待たせ。拓也だ』

『こんばんは、蓮です』

自分の笑顔がちょっとぎこちないことに気づき、恥ずかしくなる。拓也がふっと笑って、液晶画面をちょんちょんとつついた。

「初回ってことでこの緊張具合も初々《ういうい》しくていいんじゃないか？　Ｄｏｍぞろいの二十五歳同士、慎一はおおらかで、俺は俺様、蓮は可愛いうさぎ」

「うさぎ、ですか？」

思いがけないことを言われて目を丸くすると、耳たぶを軽く引っ張られた。

「おまえ、照れると耳の先っぽが赤くなるんだよ。うさぎみたいで可愛い」

「ちょっと、やめてください、もう。それより慎一さんがおおらかなのは認めますけど、俺は俺様ってなんですか。ぜんぜん自己紹介になってません」

「俺は俺様しかないだろ。あー美味かった、ごちそうさん。全員オーケーなら、九時ちょうどにアップロードするぞ」

「俺は大丈夫。蓮くんは？」

「僕もオーケーです」

「じゃ、今夜はこれで解散。食器はそのまま置いといていい。俺が洗っとくから」

ノートパソコンを持って再び作業部屋に戻っていこうとする男の背中に、「あの」とつい声をかけていた。

「僕が……片づけておくので。動画お願いします」

「そうか？　悪いな」

「じゃ、俺はひと足先に失礼するね。個人チャンネルの編集作業が溜まってるんだ。みんなまた明日」

「おやすみなさい」

慎一が手を振って帰っていったあと、蓮はひとりきりのキッチンに立ち、食器を洗う。鍋とどんぶり、箸ぐらいなものだからすぐに終わった。冷蔵庫の扉から下がるタオルで手を拭い、少し考えてからコーヒーを淹れることにする。

拓也もペーパードリップ式を愛用しているので、慣れたものだ。

赤いマグカップになみなみと熱いコーヒーを注ぎ、作業部屋の扉をノックした。

「どうぞ」

「お邪魔します。拓也さん、コーヒー淹れました。飲みます？」

「お、悪いな」

「アップロード作業、うまく行きそうですか」

「問題なし。十五分ぐらいの動画だからな」

彼の手元にマグカップを置いて、自分も部屋に戻ろうとすると、「蓮」と声がかかった。

「はい」

「ここ」

「……はい？」

拓也がゲーミングチェアを引き、自分の太腿《ふともも》をぽんぽんと叩く。

「ここに座れ」

「あの。座るって、……拓也さんにですか」

「それ以外になにがあるんだ」

平然と言われ、戸惑ってしまう。

「だって、いま仕事中じゃないですか」

「もうあらかた終わったところだ。作業を頑張った俺にご褒美をくれ。お座り」

低く艶のある声で命じられると、身体の芯がじんと痺れる。

「これも……コマンドのひとつですか」

「よくわかったな。そうだ。おまえがＳｕｂなら俺に甘やかされたいはずだ」

「……甘えてるの、そっちだと思うけど」

反論するけれども身体の甘い疼きがどんどんひどくなっていき、耐えきれずにおずおずと彼の膝に腰掛けた。

ちょこんとうしろ向きに座った格好に拓也は笑い、「そうじゃないだろ?」と言って腰に手を回し、蓮を向かい合わせにして膝にまたがらせる。

「な……っ」

「恥ずかしいか」

「あ、当たり前です……!」

「でもこのほうがお互いに顔がよく見える」

「でも……」

羞恥心《しゅうちしん》がこみ上げてきてそわそわし、視線のやり場がない。その間も拓也はデスクトップのマシンに向き合い、マウスをなめらかに操作している。ときおりリズミカルにキーボードを叩き、「できた」と横目で笑う。

「九時五分前。アップロード準備完了だ」

大きな手がぐいっと腰を引き寄せ、太腿を意味深に揉み込む。膝頭から腿の付け根までツツッと辿られれば、びくんと身体が跳ねてしまう。

「拓也さん……!」

「いいからいいから、このまま。そういえばおまえ、越してきてからは変な野郎につきまとわれてないよな」

「え、ええ……まあ、ありがたいことに。どこかへ出かけるときもほとんど拓也さんが一緒じゃないですか」

「引っ越しの前後が一番ヤバいんだよ。前の家をもしストーカーが知ってたら、張り込んでいた可能性もある。そんな矢先に引っ越し業者のトラックが前のマンションに横付けされてたらどうなると思う？」

「間違いなく、追ってきますよね」

「まあな。とはいってもここには二十四時間体制で警備員とコンシェルジュがいる。俺たちが住んでいるフロアにも専用のカードキーがないとエレベーターが作動しないから入れないシステムだ。いまのところ俺の目から見ても、ま、大丈夫だと思うがな」

「よかった……」

安堵の吐息を漏らし、彼に身体をもたせかけた。広い肩にこつんと額を押し付けているとほっとする。

「ストーカー、気のせいだったかもしれませんね。ただ僕が過敏になりすぎていて、たまたま帰る方向が同じ男を怪しいと思い込んでいただけで」

「だったらいいけどよ、油断するなよ。コンビニにひとりで行くときも充分に注意しろ。戸締まりはしっかり。窓も鍵を閉め忘れるな」

「ふふ、拓也さん、お父さんみたいですね」

過保護な言葉にちいさく笑うと、ちらっと視線を飛ばしてくる拓也が腿の付け根をぐっと親指で押す。

「……ッあ……！」

「お父さんがこんなことしないだろ、バーカ」

耳たぶをカリッとやさしく噛まれ、身体の芯が急速に熱を帯びていく。彼の肩に囓《かじ》り付き、「やめて、ください」と腰をよじらせた。

「やめてって奴が身体を押し付けてくんのか。説得力ゼロだぞ」

「だ、って、……座る、だけ、だったのに」

「そう拗《す》ねた声を出すな。もっと甘やかしたくなるだろ」

「ん、も……、ど、動画……そろそろ、公開、される……」

「自分の声を聞きながら感じるのもいいだろ？」

「……ぁ……っ」

ジーンズのジッパーをジリッと下ろされ、下着を押し上げる昂ぶりを指がいたずらっぽく弾いた。

背後では無事に動画が公開されたらしい。聞き覚えのあるＢＧＭに乗って、自分たちの声も届いてくる。

『こんばんは、慎一だよ』

『よう、お待たせ。拓也だ』

『こんばんは、蓮です』

「あ、ぁ……っ……」

録画した声に甘い喘ぎがかぶさり、なんとも倒錯的だ。

「ほら、始まった。早速高評価がついてるぞ。コメントも上がってきた。『蓮くんの笑顔可愛いです』……だと。いま、俺の膝の上で喘いでいるのにな」

「……く……っ」

じゅわりと蜜が染みだす下着の上から肉茎をやわやわと揉まれて、もう一時もじっとしていられない。

「いつも……ぼく、ばかり……っ」

一方的にされるのが悔しくて声を嗄《か》らすと、「へえ?」と拓也が面白そうに片方の眉を跳ね上げる。

「いよいよ本物のＳｕｂらしくなってきたな。いま、おまえは俺になにかしたいと思っている。

それはなんだ?」

「なに、って、……なん、です、か……」

「こうして抱き合ってるだけじゃ物足りないだろう。俺のことをもっと深く知りたくないか」

鼓膜に忍び込む声は甘い毒だ。

必死に頭を巡らせ、「さ、触る……とか……?」と訊いてみる。彼からは何度もされていることだから、自分だって一度ぐらいはしてみたい。この手で不遜な拓也を昂ぶらせてみたい。

「触るのもいいな。——跪け《ニール》」

「……ッ」

途端に電流のような強い痺れに襲われ、蓮はくたくたと彼に倒れ込み、そのまま床にずり落ちた。がっしりした太腿の間に身体をすべり込ませ、そろそろと視線を上げる。

熱を孕んだ視線とかち合うなり、ずくんと身体の奥が疼きだす。

「どう、したら……」

彼だけのSubなのだとおぼろげながら自覚し始めた日々だ。手探り状態で、自分にはなにができるだろうかと考える。

奉仕したい。その一心だ。彼の言うことを聞いて、いい子だと褒められたい。

蓮の後頭部に手を回してきた拓也がうなじをくすぐり、「ジッパーを下ろせ」と言う。

「俺自身に触ってみろ」

ゲーミングチェアにゆったり腰掛けた拓也のジーンズの前をくつろがせ、力強く漲《みなぎ》った太竿を目にしたときは一瞬怯《ひる》んだ。赤黒く、生々しい色合いで、雄の濃い匂いに惹かれてしまう。

握ってみろ、と言われたので、おそるおそる指を絡めてみた。太い筋がどくどくと脈打っている。片手では摑みきれない太さに驚き、もう片方の手も添えると、拓也がにやりと笑う。

目と目を合わせ、——どうしたらいいですか、と胸の裡で問いかけた。

ろくな経験がないのだ。どうしたら彼を気持ちよくさせられるだろう。

『舐《リック》めてみろ』と命じられて顔が強張ったものの、コマンドは快く意識を支配し、無意識に舌をのぞかせていた。

ぺろりと先端の割れ目を舐め上げれば、すこししょっぱい。

他人の体液を舐めるなんて生まれて初めてだ。丸みを帯びた亀頭に吸い付き、くちゅくちゅと舌先で舐《ねぶ》る。頭上から熱っぽい吐息が落ちてきて、じんわり嬉しい。

「そのまま口に含めるんだ。歯を立てないように——そうだ」

怖々と亀頭を口内に迎え入れた瞬間、むわりと精臭が広がることに怖気《おじけ》づくが、後頭部を抱えられているので逃げられない。やさしく髪を梳《す》かれ、ときに強引に押し付けられる。その飴《あめ》と鞭《むち》の加減が絶妙で、逃げたくないのだ。

ぐぐっと抉《えぐ》り込んでくる亀頭を必死に受け止め、くびれに舌をあてがう。最初はただ舌を当てているだけだったが、「俺にされたことを思い出してみろ」と言われ、ぼうっと意識の底を探る。

「ん……っん、う……」

熱い充溢《じゅういつ》を口の中いっぱいに感じる。

張り出した亀頭で上顎の粘膜をじっとりと擦られ、息継ぎがうまくできない。さっきから身体中がじんじんし、皮膚という皮膚がざわめいている。背中をぬるりと汗が伝い落ちていった。

「舌でくびれをなぞるんだ。くねらせて、巻き付けて……そう、そうだ、いい子だな、うまくできてる」

「ん、ん」

過去、彼はどうしてくれたのだったか。蓮のここをたっぷりと意地悪く舐り、卑猥《ひわい》な音を立ててしゃぶった。

あれと同じことができるかどうかはわからないが、ともかく先端からくびれにかけてくぷくぷと舐ってみる。浅く、深く口に含み、ゆるく頭を前後させれば、ぐちゅぐちゅと粘った音が頭の中に響いた。

「おまえ、いま自分がどんな顔してるか知ってるか？　俺のものを咥えてうっとりしてる……嬉しそうに目を潤ませてるぞ」

「う、……っん……ふ……っぅ……」

「ずっと咥えてみたかったか？」

咥えたまま、かすかに頷く。

嘘はつけなかった。拓也に触れられるたび、彼はどんな身体をしているのだろうと胸を疼かせていたのだ。

「お、おきい……」

ちいさく呟くと、くすりと笑った拓也が「気に入ったか？」と訊いてきた。

「……はい、……すごく……」

口いっぱいに男のものを頬張るのは屈辱的なはずなのに、いまの蓮は囚われていた。彼だけの弾力、太さ、浮き立つ熱に。唾液と拓也の先走りが混じり、飲みきれない滴が口の端からこぼれ落ちていく。

ごりごりと亀頭で上顎を擦られるたびにどうしたって腰が揺れてしまう。さっきから、ジーンズの前がきつい。どうかすると自分で弄りたくなる。

「……ふぅ……ぁっ……ぁ……」

「おまえも感じてるのか？」

目に涙を溜めてこくこくと頷く。はしたないとわかっていても、堪えられない。彼の声を聞くだけで絶頂に押し上げられそうなのだ。

舌で感じる拓也をもっと味わいたくて、みずから顔を押し付けた。彼のそこを両手で握り締め、じゅぽじゅぽといやらしい音を立てて舐めしゃぶる。

喉の奥まで含むとじゅわっと下肢に熱が滲みだす。

「ん……ん、く……っぅ……っ」

「俺のものを舐めながら自分でも弄ってみろ」

「ん、ン――……っ」

したい、いますぐしたい。けれど、自分でそこを扱くところを見られるのがたまらなく恥ずかしい。

腰を揺らしてどうにかしてほしいと訴えた。足でもいいから、そこをまさぐってほしい。

なのに厳然たる口調で拓也は言うのだ。

「ジッパーを下ろしておまえ自身を見せろ。そして弄るんだ」

「う……っ、ん……」

どうにも抗えなくて、ぶるぶる震える手でジッパーを下ろし、ぎちぎちに昂ぶった肉茎をあらわにする。ぶるっと硬くしなり出たそれを一瞥《いちべつ》し、拓也が面白そうに笑いかけてくる。

「ガチガチじゃねえか。先っぽもべとべとだ。扱きたくてたまらなかったんだろう」

「うん、……うん……っ」

弾む息遣いで答え、彼のものを必死に舐めながらぎこちない手つきで自分のものに指を添える。拓也のものとそう変わらないぐらい熱くなっているそこは、二度三度扱けばパッと欲情を放ってしまいそうだ。

「おまえはどこを触られるのが好きなんだ？　先の割れ目をくすぐられるのが好きか？　くびれを締め付けられるのが好きなのか？　それとも、もっと下を舐められるのが好きか」

「っふ、あ、ん、っ、……あ……っぜんぶ、……ぜんぶ、すき……」

「欲張りだな。そういうところも可愛い」

「ん……」

うっとりとしながら、先端の割れ目をくちゅくちゅくすぐる。自分で弄っているのに、拓也のまなざしに射竦められているから、――これは彼の指だ、なんて思う。

蓮よりも、蓮の身体を知り尽くしている男。

「次は、うしろも開発してやる。俺と繋がれるようにな。ほら、手が休んでるぞ。もっと卑猥な

音を立てて扱いてみろ……そう、上手だな」

「ん、ッ、ん、ふ」

拓也のものをねっとりとしゃぶりながら自分のそこをまさぐることに夢中になり、懸命に擦り立てる。口の中で肉棒はぐんと嵩を増し、咳《せ》き込みそうだ。ぐっぐっと彼も腰を遣ってきて、喉奥を突いてくる。

「んーっ、ん、ぁあっ、ん……！」

「イきそうか？　俺もだ」

涙目でこくこくと頷いた。

いまにも弾けそうだ。イかせたいし、イきたい。欲情に濡れた目で訴えれば、口内で雄がより硬くなり、限界を知らせる。

「ん、ん……！」

「蓮……っ」

頭を鷲掴みにされ、どくっと放たれた。それとほぼ同時に、手の中の昂ぶりもびくっと跳ね、白濁を散らす。

青臭い匂いがツンと鼻を突き、熱いしぶきがとぷとぷと口内を満たしていくのを無我夢中で飲み込んだ。正直、美味しいわけではない。けれど、初めて彼をイかせたのだ。嬉しくて嬉しくて、くちびるから溢れる滴も気にならない。

「……すまん、加減できなかった……おまえがあんまりにも一生懸命だから」

「僕、上手にできました……?」

「ああ、一緒にイけたな。スリッパは駄目になったけど」

「ご、ごめんなさい。僕が新しいのを買ってきます。床、フローリングでよかった……掃除しますね」

「いい、それぐらいは俺にやらせろ。俺に奉仕して疲れただろう。風呂に入っていけ。湯は張ってあるから」

「……お言葉に甘えます」

それでもまだ離れがたくて、ぼうっとしながらもちゅっちゅっと彼のものにくちづけると、忍び笑いが落ちてくる。

「今度はシックスナインしような。おまえのものを咥えながら、俺を咥えさせたい。シックスナイン、わかるか?」

「……あとで検索しておきます」

「真面目で結構。お、動画が三万回再生されたぞ。いいスタートだ」

「ですね。ほっとしました」

「この調子でしばらくは連日動画を公開していこう。そのためにもまずは体力だ。しっかり風呂に入って、ちゃんと寝ろよ。俺はもうちょっと作業する」

「わかりました」

口元を拭いながらふらふらと立ち上がり、バスルームへと向かう。

家事はほとんどしない拓也だが、風呂に毎日浸かるという習慣で、バスルームはぴかぴかだ。

壁はレモンイエロー。オフホワイトの椅子、洗面器、手桶《ておけ》が置かれている。

夕方あたりに掃除して新しく湯を張ったのだろう。汗ばんだ肌からシャツやジーンズを脱ぎ捨て、シャワーをざっと浴びてからバスタブに足を入れた。

「はあ……」

とんでもない展開の連続だ。拓也に会えば会うほど身体が素直に開かれていく。彼だけのＳｕｂになっていく。その言葉にもう疑いは持っていなかったけれど、ひとつだけこころを悩ませていることがあった。

拓也と自分はどういう関係なのだろう。ＤｏｍとＳｕｂというパートナーになり、コマンドによっていままで知らなかった自分を暴かれていっているが、こころそのものはどうなのだろう。

もっと正直に言えば、自分は体《てい》のいいセックスフレンドに近いのではないか。

——互いを好きになるとか、そういうことを省いて、ただプレイのような愛撫に溺れているんだろうか。恋愛感情は生まれないものなんだろうか。

拓也は蓮を自分だけのＳｕｂだと言ったが、そこに恋愛めいた感情はあるのか。

そして自分もまた、グレアを浴びて目がくらみ、引きずられているものの、好きか嫌いかという気持ちを置き去りにしているのではないだろうか。

ぬるめの湯を手ですくって顔に打ち付ける。バスタブの横には幾つかのバスオイルが並んでいたので、ベルガモット、オレンジ、ローズ、ラベンダーとひとつひとつ嗅《か》ぎ、ミントを選んで数滴湯に垂らした。

ふわりと漂う爽やかな香りを胸いっぱいに吸い込み、バスタブの縁に頭をもたせかけて足を伸ばす。見上げた天井も綺麗なレモンイエローだ。オレンジ色の灯《あか》りが目にやさしい。

拓也を好きなのかどうか。

あらためて考えてみると、惑う。

強烈なグレアを浴びたときから、彼にコントロールされたがっているのは事実だ。彼だけのＳｕｂだというのもほんとうなのだろう。同じＤｏｍである慎一に支配されたいとは思わないし、劣情を覚えることもない。

気持ちよりも先に肉体的な快楽が先走ってしまっていて今日まで来てしまったけれど、『いい子だな』という低い声を思い出すと、胸が甘酸っぱく締め付けられる。

彼だけのいいＳｕｂになりたい。でも、恋人になりたいかどうかと他人に問われたら頭を悩ませるだろう。

拓也は文句なしのＤｏｍだ。きっとたくさんの恋を経験していて、多くのＳｕｂをコントロールしてきたことだろう。

そのことを思うと、心臓に細い針が刺されたような痛みを覚える。

自分以外のＳｕｂをどうコントロールしたのだろうか。今日みたいに跪かせ、充溢を舐めさせたりしたのだろうか。

「遊び人、だったりするのかな……」

顎まで湯に浸かり、ちいさく呟く。

彼ほどのＤｏｍだったら選び放題だろう。どんなに頑固なＳｕｂでも、あのグレアを浴びたらひとたまりもないはずだ。そして懇《ねんご》ろに可愛がり、いいように命じ、飽きたら次へ次へと乗り換えてきたのではないか。

蓮は誰の手垢《てあか》もついていないからいまは新鮮だろうが、拓也の完全な言いなりになって従順にコントロールされるようになったら、刺激も薄れて他に目を移すんじゃないだろうか。

――捨てられたら、どうしよう。

弱い考えがこころに忍び込む。

強引だけれど面倒見のいい拓也が他のＳｕｂに目移りしてしまうところを想像したら、胸がつきつきと痛む。

嫉妬《しっと》、しているのだろうか。彼の過去の相手に、未来の相手に、焼き餅を焼いているのか。

「蓮、長風呂しすぎてないか？　のぼせるぞ」

不意に樹脂製のドア越しに拓也の声が聞こえてきて、どきりとする。

「だ、大丈夫です。すぐ出ます」

「そっか。麦茶出しておくから」

そう言って声は離れていく。

横柄だけれど、ほんとうはやさしい。

細かいところに気がつく男にこころが揺れていることを意識しながら、蓮はゆっくりとバスタブから立ち上がった。

必要以上に惹かれてしまったらいけない気がする。

ＤｏｍとＳｕｂとしてパートナー関係を築いたとしても、そこに恋情は含まれていないのだ。互いに決まったパートナーがいればメンタルもフィジカルも安定する、ただそれだけのこと。

――好きになっちゃ駄目だ。

己に言い聞かせ、濡れた髪を乱暴にタオルで拭った。

第五章

『D．D．D』の活動は順調に波に乗った。

一日目で十万人、翌日には三十万人、一週間で五十万人、そして三週間目を過ぎた頃についに百万人のフォロワー数がつくチャンネルにまで成長した。

こんなにも短期でトップ配信者に昇り詰めるのは珍しいとネット界隈《かいわい》でも噂になった。

やはり、Ｄｏｍぞろいなのが目を引いたのだろう。拓也、慎一、蓮という方向性の違うＤｏｍが一緒に活動し、ただ喋る回でも盛り上がるし、ゲームに興じたり、拓也の車でドライブしたりするだけでも再生回数はぐんぐん伸びた。

それにはやはり拓也の魅力が大きいだろう。彼がリーダーとなってさまざまな企画を立て、慎一と蓮が細部を煮詰めていく。ほとんどは拓也がメインとなり、慎一と蓮が彼をうまくサポートしていく形なのだが、『おまえたちの案も聞きたいからどんどん出せよ』と言われていた。

そこで、慎一は、クッキング回を提案した。慎一の指示の下、拓也と蓮が料理にチャレンジするのだ。蓮はともかく、包丁を握り慣れていない拓也が四苦八苦している姿は好評を博した。

『拓也さん、可愛い～』

『めちゃグレアつよつよなキャラなのに、慎一さんクッキングの回では困った顔がたくさん観られて新鮮だよね』

『蓮くんはやっぱり自炊に慣れてる感じかな。手つきが鮮やか。観ていて安心する』

視聴者は三人を満遍なく観ていて、好意的なコメントを送ってくれていた。

そのことにほっとし、八月の終わり頃の夕方、蓮は個人チャンネルの編集作業の途中でひと息入れるためにコンビニに出かけることにした。

マンション前には徒歩二分の距離でコンビニがあって、しょっちゅう足を運ぶ。

起き抜けで朝食を作るのが面倒なとき、ルームウェアのままパッと出かけてサンドイッチと牛乳、トマトジュースを買ってきたり、編集作業がなかなか終わらないときはビールを買いに行ったりする。

午後六時、外は暗くなってきたが、まだ空気は熱い。

ルームウェアにサンダルを履いてパタパタ鳴らし、マンションを出てコンビニへと向かった。

コンビニで淹れたてのアイスコーヒーを買い求め、ナッツ入りのチョコレートも籠《かご》に入れる。たぶん夜には作業が終わるだろうから、お疲れさまの意味合いも含めてビールも買っておこう。

店内を練り歩いている最中、ふと、刺すような視線を背中に感じた。

ここしばらく感じていなかった不安がぞわりとこみ上げてくる。

拓也と新宿で会った以来だろうか。あのときはなんとか振りきったけれど、また新しいストーカーが出てきたのだろうか。

そっと肩越しに背後を振り返り、様子を窺ってみた。男女のカップルがはしゃぎながら籠にスナック菓子とビールを入れている。その脇には親子らしき男性と男の子。おまけ付きのお菓子を籠に入れてもらっている男の子は顔を輝かせていた。それから、黒いキャップをかぶって籠を持った若い男性。うつむき気味で表情はよく見えないが、籠を持つほうの反対の手でスマートフォンを弄っている。

彼、だろうか。気配をうまく殺して、蓮をじっと見つめていたのはあの男だろうか。わからない。ただの気のせいかもしれない。久しぶりに拓也の護衛なしで外に出たから、敏感になっているのだろう。

キャップの男がふいっとこちらを向き、一瞬目が合った。びくりと身体を震わせたが、彼はなんでもない顔で冷蔵棚から炭酸水を取り、レジへと向かっていく。

やっぱり気が張っているようだ。蓮も急いで会計をすませ、足早にマンションへと戻る。自分の部屋に入ってしっかり鍵を閉めたところで、ため息がこぼれる。

外へ出るたびにびくびくしていたら身が保たない。そもそも顔バレしているのだし、変装するならもっと念入りに。でなければ、堂々とサングラス程度で出かけるしかない。

早い時間だが、波立つこころを抑えたくて、缶ビールに口をつけながら作業部屋に入った。広いL字型のデスクには三台のモニターが置かれ、メインで使っている中央のモニター以外は動画やサブスクリプションの映画を流している。編集作業は地道で長時間かかるので、BGMが必要なのだ。

新しい映画やアニメを流すと物語に見入ってしまうので、何度も繰り返し視聴している作品を好んで流していた。

もう何百回も観ただろうか。アメリカの若い男性があてどもない放浪の旅を続けるロードムービーをサブスクリプションで流しながら、SNSに届いていたDMをひとつひとつチェックしつつビールをゆっくり呑んだ。

彼の浮気で悩んでいる女性、転職を考えている女性、上司のパワハラで悩んでいる男性。ひとの数だけ悩みはあるものだ。今日届いていたものには短いながらも誠実に返事を書き、送信する。

ふう、とひと息ついてゲーミングチェアに背を預けたときだった、新しいDMが届いた。

画像が添付されており、名前はなし。画像を見てみると、蓮自身が映っていた。しかも、今日の格好で。

――盗み撮りされたんだ。

背景を見るからに、先ほど訪れたコンビニのようだ。冷蔵棚を開けて缶ビールを取り出している蓮に、『呑みすぎには気をつけてね』とひと言メッセージが添えられている。

ぞっとした。じわじわと手足の先が冷たくなっていき、身体が細かに震える。

たったいま帰ってきたばかりだ。あのコンビニにストーカーがいたのだ。

もしかして、マンションの部屋番号まで突き止められているのだろうか。

この写真を撮ったのは誰か。カップルか、親子か、ひとりで買い物をしていた男性か。それとも、視界には入っていなかった他の誰かか。

コンビニには少なくとも、七、八人の客がいたように思う。もちろん、店員もいた。客だけを疑うのではなく、コンビニ店員も怪しいのではないか。

慌てて盗撮したのだろう。ややブレた画像は蓮が斜めに写っている。

「――拓也さんに知らせなきゃ」

ぐっと奥歯を噛み締めて席を立つのと同時に、部屋のチャイムが鳴る。このフロアには三室しかないので、慎一か拓也のどちらかだ。

もつれる足取りで玄関に急ぎ、扉を開けると、拓也が立っていた。焦《あせ》りが顔に出ていたのだろう、蓮をひと目見て、「なにかあったか?」と顔を険しくする彼の手を黙って取り、作業部屋へと連れていく。

そして、届いたばかりの画像とメッセージを見せた。

デスクに手をついてモニターをのぞき込む拓也の眉間《みけん》に深い皺が刻まれている。

「いましがたのことか?」

「ついさっきです。そこのコンビニに買い物に行って帰ってきたらこれが」

「盗撮、か。『呑みすぎには気をつけてね』ってことは、案外おまえの近くにいたという証拠だ。店員や客に怪しい奴はいなかったか?」

「これといって……黒いキャップをかぶってスマートフォンを弄っていた男性がいましたけど、視線は一度しか合わなかったです。店員さんも近くにはいませんでした」

「でも、会計したときに籠の中身を見ておまえの身体を気遣ったかもしれないだろ」

「これ、……やっぱりストーカーですか? 『D.D.D』を組む前にも、『ほんとはSubだろ』っていうメッセージが届いて……実際、そうだったんですけど……」

拓也は難しい顔で腕組みをしている。

「これからはコンビニも俺が一緒についていく。外食するときもだ」

「そんな、過保護すぎます。拓也さんだって忙しいのに」

「事が起きてからじゃ遅いんだぞ。このマンションはセキュリティが強固だからそう簡単に部屋には入ってこられないだろうが、万が一ということもある。蓮、寝るときは俺の部屋に来い」

「え？」

「昼間も一緒にいたほうがいいだろうが、おまえも息が詰まるだろう。とりあえず隣同士なんだし、なにかあったらすぐに駆けつけられる。でも、夜は駄目だ。俺が心配だ」

案じる声がまっすぐ胸に届いて、ふわりとした熱を持って底に着地する。

――俺が心配だ。

彼は確かにそう言った。

「僕が……あなたのＳｕｂだから、ですか」

小声で呟くと、拓也はますます渋面になる。

「それもある。せっかく見つけた俺だけのＳｕｂだからな。簡単に他人に渡してやるものか。まあ、他には……」

「他には？」

「……いま話すことじゃないから気にするな。とにかく、夜になったら俺の部屋で過ごせ。陽が昇ったら自分の部屋に帰ればいい」

「でも」

「当面、ひとりでの外出は厳禁。俺か慎一がついていく。おまえを狙っている奴を絞り込みたい。そして徹底的に懲《こ》らしめたい。二度とつきまとわないようにな」

「慎一さんにも迷惑かけちゃいますね」

「あいつなら大丈夫だ。俺たちの中で一番世話好きだし、結構鍛えてる。危ない目に遭っても、おまえを守れるぐらいの力はある。俺のほうが上だけどな」

「……そこまで、言うなら……わかりました。明日からでもいいですか？　今夜は片づけてしまいたい作業があるし」

「ああ」

　正直、ひとりでいるのは不安だったのだ。

　盗撮されているかもしれないし、もしかしたら盗聴されている可能性だってある。無防備に蓮が外に出たときに盗聴器を仕込まれ、そうと知らずに帰ってきてしまったとか。

　拓也もそれを懸念していたのだろう。今日着ていた服を脱いでシャワーを浴びる間、コンビニに提げていったトートバッグの中を確かめると言いだした。

「見られたら嫌なものはあるか？」

「べつにありません。スマートフォンでの決済がほとんどだから、コンビニには財布を持っていかなかったし。バッグにはタオルハンカチとティッシュが入ってるぐらいです。好きに見てください。僕、シャワーを浴びてきますね」

「ごゆっくり」

早くもトートバッグの中身を確かめている彼を部屋に残し、熱いシャワーを浴びることにした。コンビニで感じたあの強く鋭い――ねばっこい視線をこそぎ落とすように、身体中を泡立てる。髪も盛大に泡立てて、いい香りに包まれたところでほっと息をつき、外に出る。

洗いたてのバスタオルで肌を丁寧に拭っているうちに、ひりひりしていた神経がすこしずつすこしずつ鎮《しず》まっていくようだ。

冷蔵庫で冷えているビールに手を伸ばしかけたが、いまは呑む気分じゃない。気分を落ち着けるためにもハーブティーを淹れ、拓也にも持っていくことにした。

「拓也さん、ハーブティー、飲みます？」

「もらう。いい香りだな」

「カモミールティーです。さっぱりした味わいで美味しいですよ」

マグカップを渡すと、ゆっくり口をつける拓也がトートバッグを逆さにして振る。

「なにも出てこなかった。おまえが言ったとおり、スマートフォンとハンカチ、ティッシュしかない。盗聴器を放り込まれた形跡はないな。一応、明日か明後日、この部屋に盗聴器が仕掛けられてないか調べよう」

「そんなことできるんですか？」

「発見機がある。俺も以前住んでた部屋に盗聴器が仕掛けられてないか確かめたくて、ネットで購入したんだ。結果はシロ。そのマンションも警備が厳しくて、他人が容易に入ってこられない仕組みになってた。でもほら、よくミステリー小説とかにあるだろ。服に小型の盗聴器を仕込まれるとか。外出することが多いから、用心するに越したことはないんだ」

「確かに……あなたの場合、車で出かける動画が多いですもんね。僕より顔が知られてるし」

「顔バレしてると声をかけてもらいやすい、イコール、ファンになってくれる確率が上がるというメリットがあるが、デメリットも当然ある。ストーカーがその最たるものだ」

「……うん」

湿った髪をタオルでのろのろ拭い、空っぽになったバッグを見つめる。

いったんは鳴りを潜めていたストーカーの存在がにわかにくっきりと鮮やかになっていく。姿を隠し、一方的にこちらを窺う誰か。その目的はなんだろう。ただ蓮に近づきたいだけなのか。それとももっと深いところまで踏み込みたいのか。

ぶるっと身体を震わせたことに気づいた拓也が苦笑いする。

「そのままじゃ風邪引くぞ。座って待ってろ」

言われたとおりゲーミングチェアにすとんと腰を下ろした。

長時間使用するものだから、椅子にはこだわった。ヘッドレストに頭をもたせかけ瞼を閉じていると、ドライヤーを片手にぶら下げた拓也が戻ってくる。

「乾かしてやる。のんびりしてろ。勝手にサニタリールームに入って悪いな」

「でも、Ｄｏｍのあなたにそんなこと……」

「Ｓｕｂに尽くしたいって思うのがＤｏｍの特徴のひとつなんだよ」

「そうなんだ……Ｓｕｂが奉仕する一方なんだと思ってました」

「自分だけのＳｕｂを可愛がりたい、愛したい、尽くしたいってのがＤｏｍだ。熱くないか?」

スイッチを入れたドライヤーの風を髪の根元に当て、背後に立った拓也が指で梳いてくる。

「気持ちいいです。すみません、手間をかけてしまって」

「これもアフターケアのひとつだ」

楽しげな拓也に身を任せたものの、甘く疼いている。

『Ｓｕｂを可愛がりたい、愛したい』

——愛したい。

彼は確かにそう言った。

相性のいいパートナーという関係を超えて、好きになってくれているのだろうか。

やさしく地肌を擦っていく指先に胸がじんわりと温かくなる。

好きだ。

拓也が好きだ。

彼がどう思っていようとも、好きになってしまった。こころから。

強引で、横柄で、俺様だけれども、面倒見がいいし、こうして徹底的に甘やかしてくれることもある。そのギャップにたまらなく惹かれてしまうのだ。

自分にはない行動力や即断即決の早さにも憧れる。勘がいい男なのだろう。そして、ブレない。確かな審美眼を持っていて、揺らがない強さは同性としても揺さぶられる。

いいように振り回されている日々を振り返ると、なぜこんな男を、と思わないでもない。だけど、彼ほどこころに深く踏み込んできた者はいなかった。自分がほんとうはＳｕｂだということを暴き、淫靡なやり方で搦《から》め捕《と》った。そこだけを見ればなんて勝手な、と突き放していただろう。

しかし、折に触れて彼のほんとうのやさしさに包まれてきた気がする。

初めて顔を合わせた日、怪しい男から守ってくれたこと。

ひとりで暮らしていくのは危ないからと引っ越しを勧めてきて、手作りカレーで出迎えてくれたこと。

お玉を持って玄関に現れたあの日の拓也を思い出し、知らずと口元がゆるむ。

「どうした、機嫌がいいな。くすぐったいか？」

「気持ちいいです。髪、乾かすの上手ですね。……いままでも誰かにしてあげたんですか？」

恋ごころを自覚したら、彼の過去の相手にほんのり妬《や》いてしまう。

彼ほどのＤｏｍなら、男女関係なくそのオーラで惹き付けてきただろう。

「いや、誰にもしたことがない。おまえが初めてだ」

「……ほんとうに？」

「ああ。自分の髪をしょっちゅう染めてるからな。手入れには気を遣ってるんだよ。なんだ、妬いたか」

「妬いてません。ちっとも」

胸の裡を言い当てられてつい言い返してしまう。

好きだ、と言ったら拓也はどんな顔をするだろう。真面目な顔で受け止めてくれるか。それとも、『おまえと俺はただのパートナーだろ？』と失笑されるか。

いまはやさしく扱ってくれているけれども、蓮が本気になったと知ったら引くのではないか。

彼にしてみたら、相性のいいペットみたいなものではないかという気がする。

ときどき頑固だけど、基本的には従順。律儀だし、よく気もつく。

そんな人物はＳｕｂでなくても、そばにいれば便利なはずだ。

「よし、乾いた。すこしオイルを馴染ませておこう」

これも蓮のサニタリールームから持ってきたのだろう。ふわりと甘い蜂蜜の香りがするボトルの栓を開け、拓也が手のひらにオイルを広げる。それを蓮の髪先に丁寧に馴染ませていく。

このやさしさが本物だったらいいのに。

――僕だけに向けられたものだったらいいのに。

「完成だ。寝るにはまだ早いな。少し作業するか？」

「そうします」

「やっぱり俺の部屋に来いよ。そう緊張するな。寝ているところを襲ったりしない」

くくっと笑う拓也が玄関に向かいながら蓮の手を引き、額にちゅっと軽くくちづけてきた。

パッと顔を赤らめる蓮に拓也は声を上げて笑い、「これ以上のことをしたくせに」と額を指でつついてくる。

「そうですけど、あれは」

「口答えするともっとすごいことするぞ」

「……またあとで！」

むっと頬をふくらませ、帰っていく彼の背を見つつ扉を閉じた。

4LDKという広い部屋をあらためてひとつひとつ見て回り、不審者が潜んでいないかを確認し、ため息をつきながらキッチンの冷蔵庫を開ける。炭酸水とライムの濃縮液にロックアイスを入れて飲むのが、この夏のお気に入りだ。

カラリと氷を揺らして作業部屋に籠もる。

また怪しいDMが届いていないかどうか、気になってたまらなかったのだ。

五十通ほど届いていたDMを一通ずつ確認したところ、とくに気になるものはなかった。他愛ないお喋り、恋愛、仕事、人間関係の相談、編集作業の続きは明日やればいいし、このあとは拓也の部屋に行くだけだ。いつもだったら既読済みのハートマークをつけるのが精いっぱいなのだが、五十通ぐらいなら返事ができそうだ。

それから三時間ほど集中してDMの返事を書いた。テンプレの回答にならないように、DMにはじっくり目を通していく。

自分みたいな者を頼ってくれることが素直に嬉しい。

家族や親しい友人には話せないことも、自分には明かしてくれる。友人ではなく、手の届かない有名芸能人でもない距離感にある蓮になら話しかけやすいのだろう。大勢いる配信者の中でも、わざわざ自分に胸の裡を明かしてくれているのだ。

『元気を出してくださいね』

そのひと言を打ち込みながら、己をも鼓舞する。

そうだ。元気を出そう。

拓也への想いを認めた以上、できることはなにもないような気がしてお手上げだが、その前に一度、病院に行ったほうがいいのではないだろうか。

実家の主治医は蓮をＤｏｍだと診断し続けてきた。しかし、拓也のコマンドに逆らえないいま、自分はＳｕｂなのだと思う。

血液検査でＤｏｍかＳｕｂかわかる時代なので、明日にでも近くのクリニックに行こうと決め、ひとつ深く息を吸い込んだ。

第六章

「Ｓｕｂですね」

「……ほんとうに？」

「ええ、間違いなく。血液検査の結果でそう出ています」

「でも僕、生まれてこの方ずっとＤｏｍだと言われてきて……」

「花泉さんはＳｕｂですよ」

三十代後半とおぼしき男性医師が蓮をなだめるように言う。

ネットで調べたクリニックは新宿西口の高層ビルにあり、淡いベージュとグリーンの内装で落ち着く。

「血液検査がこの数年でかなり進化しましたからね。もしかしたら花泉さんが生まれた頃は誤診があったのかもしれません。Ｓｕｂとして自覚するような出来事が最近ありましたか？」

問いかけられ、すぐに拓也の顔が脳裏に浮かぶ。

「あるＤｏｍから強いグレアを浴びて……そのひとのコマンドにどうしても抗えなかったんです」

「なるほど。たまに聞くケースですからそう不安になることはありませんよ。幼少期にＤｏｍだと思い込んでいたひとが大人になってからＳｕｂだと判明することは異常じゃありませんしね。Ｓｕｂとして不都合なことはありますか。決まったパートナーはいますか？」

「……いる、と思います」

「カラーはもらいましたか」

「カラー？」

訊き返すと、男性医師はフレームレスの眼鏡を押し上げながらデスクの抽斗《ひきだし》を開け、細いベルトを取り出す。

「こうした首輪のようなものです。ＤｏｍとＳｕｂのパートナー関係が正式に成立すると、Ｄｏｍからこうしたものが贈られるんです。チョーカーやネックレスを使うこともありますね」

「それにはどんな意味があるんですか」

「Ｄｏｍとしては、自分のＳｕｂを他のＤｏｍから遠ざけられますし、Ｓｕｂは精神的な安定が得られます。Ｓｕｂはナイーブなひとが多いですからね。Ｄｏｍのケアが万全でないと、揺らいでしまうことが多いんです。それを防ぐためにもカラーは必要なんですよ」

「そうなんですね……。まだ、もらってないです」

「でしたら、早めにＤｏｍからカラーをもらうことをお勧めします。あなたが他のＤｏｍから目をつけられないためにも。一応、お薬も出しておきますね。Ｄｏｍと正式な関係をまだ持っていないなら、神経的につらいときもあるでしょうから」

「わかりました。ありがとうございます」

話しやすい医師でよかった。処方箋を書いてもらい、併設する薬局で薬を受け取り、どうしようかとぶらぶら歩いた先で、緑のパラソルを路面に出しているカフェバーに入った。

近づいてきたウエイターに今日のハンバーグランチと白ワインを注文し、もらったばかりの薬袋をじっと見つめる。中身は抑制剤だ。

「Ｓｕｂなんだ……」

不思議とこころは凪《な》いでいた。

拓也と出会ってからの日々を思い出すと、Ｄｏｍとして振る舞っていた自分が夢のように思える。いままで無理していなかっただろうか。Ｄｏｍとしては穏やかなほうだったし、グレアを意識して発することもなかった。そもそもＳｕｂなのだからできないのだが。

よく冷えた白ワインが運ばれてきたので、薄いグラスにそっと口をつけて軽く啜る。きりっとした辛口が美味しい。陽の高いうちから呑むことはあまりしないが、たまにはいいだろう。

Ｓｕｂとしての人生を歩みだす記念日だ。

コントロールされたい。支配されたい。Ｓｕｂである自分を認めたら、強い欲望が浮かび上がってくる。

その相手は——拓也ひとりだ。

蕩けるチーズが載ったハンバーグとバゲットが運ばれてきた。丁寧に肉を切り分け、たっぷりとした肉汁を垂らすそれを頬張る。熱々でとても美味しい。適当に見当をつけて入った店だが、大当たりだ。

こういう些細なしあわせが瑞々《みずみず》しく感じられるのも、Ｓｕｂである自分を受け入れ、吹っきったからだろうか。

楽しい気分でランチを食べ終え、ワインの残りを口にする。ごくりと呑み込んだところで、なにげなく首元に手をやった。

——カラー。

Ｄｏｍが正式にパートナーと認めたＳｕｂに贈る証し。

拓也はさまざまなことを仕掛けてきたが、カラーを嵌めようとはしていない。

俺だけのＳｕｂだと何度も言ったけれど、ほんとうにそうだろうか。いまさら疑うわけじゃないが、彼だけのＳｕｂとしてはっきりとした形が欲しい。

——カラーをもらえませんか？

そんなことを自ら訊いたら、彼はどんな顔をするのだろう。『用意してたに決まってるだろ』と言ってカラーを取り出すか、それとも苦笑して『なに言ってんだよ』と一蹴するか。

前者であってほしい。

深いつき合いではないものの、拓也がろくでなしではないことぐらいわかっている。

派手な男に見えても案外身持ちは固いし、視聴者を弄《もてあそ》んだという嫌な噂を聞いたこともない。

出会ってからこっち、蓮にかかりきりだったから遊ぶ暇もなかったのかもしれないけれど。

薄い雲のような不安が胸をよぎる。

うぶな自分を面白がっているだけで弄ばれ、適当なところで捨てられたらどうしよう。

靄のような不安は濃く広がり、またたく間にこころを覆い尽くしてしまう。

拓也はそんなに薄情な男じゃない。自分勝手なところもあるけれど、基本的には親切な男だ。

——でも。

喉元に手をやる。すうすうしたそこがなんだかとても寂しい。

『D．D．D』の活動は順調に進み、動画を更新するたびにフォロワー数がぐんぐんと増えていった。三人でドライブしてみたり、料理にチャレンジしてみたり。

メンバーを全員乗せるために拓也がアウディの新車を購入したことで、慎一も蓮もゆったりとしたドライブを楽しめた。

料理でリーダーとなったのは慎一だ。簡単に作れて美味しい千切りレタスと豚肉の炒めものや、じゃこと青のりの塩炊き込みごはん、鶏胸肉のうま塩焼きは絶品で、自炊に慣れていない拓也も積極的に参加し、最後にできあがりを食べるときは満面の笑みを浮かべて缶ビールで乾杯した。

そして蓮。好きな映画や本の紹介は個人チャンネルでよくやっているので、やさしい声質を生かしたお悩み相談回を撮ろうということになった。

事前に蓮のほうで視聴者からお悩みをＤＭで送ってもらい、それに三人で答えていくという形だ。

『D．D．D』を結成して早一か月。

視聴者数は二百万人を超えたので、記念に生配信でお悩み相談回を披露することになった。もともと皆人気配信者だ。その三人がグループを組んだとなったらアップする動画は毎回話題になり、人気急上昇中のタグをつけられて、動画サイトのトップを飾ることも多い。

「蓮くんと俺はまあ大丈夫だと思うけど、心配なのが拓也だよな。ナイーブなお悩みが来ても喧嘩を売っちゃ駄目だよ」

「わかってるって。ライブ中は呑まないし、真面目にやる」

「確かにちょっと不安になりますよね」

苦笑しながら、蓮はリングライトの向きを調整する。ローテーブルの前では慎一がカメラ付きのノートパソコンをセッティングし、拓也は早々にソファの真ん中にどかりと腰を下ろしていた。

今夜は蓮の部屋からの配信だ。クリームベージュの壁にはモネの『睡蓮』のリトグラフを飾り、ソファの脇には大きく育ったドラセナを置いている。

空色のクッションを膝に抱えた拓也も、慎一も、蓮も色違いのルームウェアというくつろいだ格好だ。

土曜の夜、動画サイトは賑わっており、あちこちで生配信が行われている。『D．D．D』初のライブ配信を待っているひとは多そうだ。

「蓮、事前にどんな相談が来てるか教えてくれないか」

配信十分前になって拓也に言われ、彼の隣に腰を下ろした。スマートフォンを弄り、前もってピックアップしたDMをチェックする。

「恋愛相談が多いです。あとは職場での人間関係にまつわるお悩みとか。パワハラ、セクハラに悩んでいるひとが結構いますね」

「パワハラ野郎なんかもってのほかだな、ぶっ飛ばしてやる」

「拓也のその発言自体パワハラだよ」

慎一が茶化して、三人分のアイスティーを細長いグラスに淹れてローテーブルに置いていく。

「キッチンお借りしたよ、蓮くん。君のところはいつも綺麗にしてるね」

「掃除好きなんですよね。キッチンとバスルームはとくに」

「偉い。俺たちの中で蓮くんが一番偉い」

うんうんと頷いている慎一に、「なんだよ。俺と慎一に順位があるのか」と拓也が苦笑いし、綺麗なウインクをする。

「ま、負けて勝つって言葉を信条としてるからな俺は」

「おっ、好戦的な拓也の言葉とは思えない」

くっくっと笑う慎一が腕時計で時間を確認し、「そろそろだな」と呟く。

開始まで三分前、二分前、一分前。

三十秒前。

心臓がバクバクする。

拓也が配信開始のボタンをクリックした。

「こんばんは、慎一です」

「こんばんは、拓也だ」

「こんばんは、……蓮です」

蓮が手にしているスマートフォンに三人の顔が映るなり、わっと雪崩のようなコメントが押し寄せてきた。

『待ってた〜！』

『初ライブおめでとう！』

『「D．D．D」結成あらためておめでとうございます！』

あっという間に視聴者数が増えていき、三人そろって破顔した。

これまでの伸び方を考えれば初の生配信は盛り上がるだろうと踏んでいたのだが、ここまでとは思わなかった。

「今夜は初のライブです。みんな、来てくれてありがとう」

「蓮がメインになってお悩み相談回をする予定だ。コメントでも受け付けるから、気軽に投げてくれ」

「どうぞよろしくお願いします」

頭を下げ、「早速最初のお悩みを紹介しますね」と言った。

「『つき合って一年目の彼氏が仕事の都合で北海道《ほっかいどう》に異動になりました。遠距離恋愛は初めてで不安です。彼が浮気しないかどうか疑ってしまう自分が嫌です。「D．D．D」の皆さん、遠距離恋愛って成立すると思いますか？』……だそうです。一年目だと確かにいろいろ不安ですよね。でもいまはビデオ通話が発達してるし、毎週土曜とか曜日を決めて、お互いに近況を話し合うのはどうでしょう。ふたりきりの時間を持つことで、相談者さんの不安も少しは減ると思うんですが。慎一さんと拓也さんはどう思います？」

「メッセージをまめに送ったりするのもいいよね。写真付きとかでさ。慣れない土地で仕事に励む彼を応援するためにも、あなたの笑顔を見せるのがいいんじゃないかな」

慎一がやさしくアドバイスする横で、拓也が膝の間で両手を組み、やや前のめりになる。

「不安になったらすぐに飛行機のチケットを取って北海道に行っちまえ。悩んでいる時間なんて無駄だ。相談者さんは彼が浮気してしまうかどうか不安なんだろ？　だったら自分が正式な彼女だってことを前面に押し出しちまえ。大胆なモーションに男は結構弱いぞ」

「相変わらず拓也さんは強引ですね……。でもまあ、僕も、その案には反対じゃありません。週末に彼に会いに行くのもひとつですよね。あまり思い詰めず、あなたの正直な気持ちを彼に伝えるのも大事です。我慢しすぎないでくださいね。それでは次のお悩みは――」

自分なりにこころを込めて、次々にお悩みに回答していった。

ときには軽快に、ときにはじっくりと相談に向き合っていく。慎一も拓也も、アイスティーを飲むのも忘れて回答にあたっていた。

「じゃあ、最後のお悩みです。『職場の先輩からパワハラを受けています。私の作る書類を何度も突っ返してくるうえに、皆の前で嘲笑《ちょうしょう》されたりしてつらいです。上司に相談するかどうか悩んでいます。その先輩は上司のお気に入りなので、もしも私が悪者にされたらどうしようと思いあぐねています。「D．D．D」の皆さん、いいアドバイスをお願いします』……とのことです。パワハラ、か……」

考え込み、真ん中に座る拓也を見やったときだった。

「そんな会社、辞めちまえ」

鋭いひと言が拓也の口から飛び出す。

「ちょ、拓也」

「拓也さん」

「相談者さんは理不尽なパワハラに遭ってるんだろう？　しかも、その先輩とやらに苛《いじ》められているみたいだ。そんなつまらん会社、いますぐ辞めちまえ」

「いやいやいや、走りすぎだよ拓也。そう簡単に辞められるもんじゃないだろう。ね、蓮くん」

「そうですよ。今後の生活だってあるんだし……」

「だから辞めろって言ってるんだよ」

拓也はふんぞり返り、長い足を組む。相変わらず傲岸不遜だが、真剣な面持ちだ。

「あんたに与えられている時間はどれぐらいある？　はっきり言おう。時間は有限だ、無限じゃない。チンケな先輩や、あんたの誠実さを見抜けない仲間、上司に囲まれて無駄な時間を過ごすよりも、思いきって違う場所へ飛び出せ。絶対にあんたが生きる場所がある。俺だってそうだ。恵まれた立場のように見えるだろうが、あんたと同じで時間には限界がある。その中で最良の選択肢を摑むとしたら即断即決が大事だ」

「拓也さん……」

「大丈夫だ。俺を信じろ。転職活動は大変かもしれないが、窮屈な場所にいるよりずっといい。いまよりもっと楽に息ができて健やかに働ける職場がかならずあるはずだ。俺の回答はこうだ。いまから転職活動」

「……もう、ほんとうに強引だなあ」

慎一が困ったように笑っているが、咎《とが》めることはしなかった。蓮も同じ気持ちだ。

乱暴な言い方ではあるけれど、拓也は相談者のことをよく考えている。時間は無限じゃないという言葉も刺さった。コメント欄は戸惑い、拓也に賛成する者、反発する者で混乱していたが、拓也がぐっと目力を込めてモニターを見つめた途端、『相談者さん、転職頑張って』、『俺もこの間転職したばかりだけど、結構うまくやれてるよ』と好意的なコメントが増えていく。

「……まさか、グレアの力？」

「さあな。モニター越しにグレアが効くか俺にもわからん。――相談者さん、俺はあんたの元気な笑顔が見たい。縮こまってないで、のびのび生きていけ。俺が応援してるから大丈夫だ」

強く言いきり、微笑んでみせた拓也の表情は意外にもやさしいもので、目が釘付《くぎづ》けになる。

――やっぱり、このひとが好きだ。

そんな想いを再び噛み締める。

拓也の思いきりのよさはどこから来るのだろう。その強さはなにを根拠にしているのか。

もっと知りたい、もっと彼のことを知りたい。

いままでは不埒《ふらち》に触れ合うばかりだったけれど、そのこころの中に入ってみたい。

一時間近くのライブ配信は大盛り上がりのうちに終了し、慎一が停止ボタンをクリックして大きく息を吐く。

「はー……緊張した。拓也が大胆すぎて炎上するかと思ったよ」

「炎上上等だろ。俺は正しい意見を言ったまでだ」

まるで悪びれない彼に苦笑しか出てこない。

彼がただ強烈なグレアを発するＤｏｍだから人気がある、というだけではないことがわかった。芯から強い人間なのだ。

そこに惹かれている自分をゆるゆると受け止めながら、立ち上がる。

「ビールでも呑みましょうか」

「そうだな、初ライブ大成功を祝おう」

「賛成」

ふたりの言葉を受け取って冷蔵庫に向かったが、夕方買ったばかりのビールはまだ充分に冷えていない。いますぐ冷たいビールを呑みたい。

拓也は機材の後片付けで席を外していた。いちいち彼を呼ぶのも気が引ける。

「ちょっとそこのコンビニに行ってきますね」

「ひとりで行くの？　俺も……」

言いかけた慎一を押しとどめ、「大丈夫ですよ。すぐそこだし」と返す。

「パッと行ってすぐに帰ってきます」

「じゃ、俺はその間なにかつまみでも作ろうかな。蓮くん、冷蔵庫の中の物使っていい？」

「どうぞどうぞ。じゃ、行ってきますね」

スマートフォンとエコバッグを持って玄関を出る。マンションを出て斜め前にあるコンビニまでは二分もかからない。この間のこともあるから、用をすませたらさっさと帰ろう。

店内の冷蔵棚からキンキンに冷えた缶ビールを三本取ってレジへと向かう。スマートフォンで決済して缶ビールをエコバッグに入れ、足早に部屋に戻ろうとしたときだった。

「蓮さん……ですよね？」

コンビニを出てすぐのところで、声をかけられた。

店から漏れる明るい灯りで見えるのは、二十代前半といったところの若い男だ。もしかすると同い年ぐらいだろうか。

「Ｄｏｍ配信者の……『Ｄ．Ｄ．Ｄ』の蓮さんですよね？　さっきまでライブ配信観てました」

「あ、……ありがとうございます」

突然見知らぬ男に声をかけられて思わず警戒してしまう。このコンビニにはイートインがあり、Ｗｉ－Ｆｉも通じているから、きっとそこで配信を観ていたのだろう。

「俺、ずっと蓮さんのファンなんです。あの、握手……してもらえませんか」

「……握手だけなら」

危ういものを感じながらもファンと名乗る男を無下にはできなくて、片手を差し出す。すると両手でがっしりと握り締められ、ぐいっと強く引っ張られた。

「ほんとにほんとにファンなんです。俺、Ｓｕｂなんです。蓮さんみたいにやさしいＤｏｍってめったにいないから好きになっちゃって。俺をコントロールしてもらえませんか。コマンド、発してもらえませんか」

唐突な言葉に面食らい、手を引こうとするが離してもらえない。

「……すみません。そういうタイプじゃないんで。お気持ちは嬉しいですけど、ご希望には添えません」

「そういうとこ、ほんといいですよね。控えめで誠実で、声がすごく甘くてやさしくて……どんな命令でも聞きますから、お願いです。一回でいいから」

その声に粘っこさが混じってきているのを感じて気味が悪い。力いっぱい手を振り払おうとしても、それを上回る握力で引っ張られてしまう。

「俺の車、そこに停めてあるんです。部屋に来てください。家でゆっくり話しましょう」

「困ります、離してください！」

声を荒らげても、男はびくともしない。それどころかうっとりした表情で、ますます指を絡み付けてくる。

「さあ蓮さん、車に――」

「蓮！」

突然太い声が割って入ってきたことに驚いて振り向くと、髪を乱して拓也が走ってきたところだ。それから不審な男の手をあっさりねじり上げる。

「俺のＳｕｂに手を出すな」

「拓也さん……！」

男の薄っぺらい身体を軽々と引き剝がし、拓也が蓮をかばうように前に出る。

「拓也……『Ｄ．Ｄ』の……」

茫然《ぼうぜん》とした男は蓮と拓也を交互に見つめ、「嘘だ」と呟く。

「蓮さんはＤｏｍだ」

「ごたごた抜かすな。俺の男に手を出すなと言ってるんだ。おまえか？　以前から蓮をつけ回しているのは。いいか、二度と近寄るな。今度見かけたら警察に通報するぞ」

低い声で命じられ、男は感電したかのようにしゃちほこばっている。その隙に「行こう」と拓也に肩を抱かれ、蓮は駆け出した。


「ん、ん……っ！」

拓也の部屋の扉を開けるなり玄関でくちびるを貪《むさぼ》られ、うまく息ができない。髪に指を差し込んでぐしゃぐしゃとかき回してくる拓也は気が立っているようだ。髪先を引っ張られて少し痛いが、それよりも獰猛に舌を吸われる衝撃のほうが強い。

いままで傲然《ごうぜん》と構えていた彼がこんなにも荒れるなんて、初めて見た。

「ベッドルームに行くぞ」

ひとしきり蓮のくちびるを蹂躙《じゅうりん》した彼が手を引っ張ってくる。有無を言わさぬ力に喉がからからになっていく。

「ま、って、待ってください、慎一さんが僕の部屋で待ってる……」

「用ができたから自分の部屋に戻ってろと言った。いいから来い」

怒気を含んだ口調に身体が竦むけれど、彼の手の熱さにじんわりと頭のうしろが痺れていくようだった。

薄暗い部屋に引きずり込まれ、ダブルベッドに突き倒される。すぐさまのしかかってきた拓也が再びくちびるを食《は》んできて、舌を搦め捕ってきた。じゅるっときつめに吸い上げられて、ぶわりと情欲がこみ上げてくる。

「ん……ぁ……っ……たく、や……さ……っ」

「じっとしてろ」

Ｄｏｍの命令には逆らえないけれども、流されるだけでは嫌だ。必死に拳《こぶし》で彼の胸を叩けば、憮然とした顔の拓也がくちびるを離す。

「なんだ」

「その……なに、するつもり……なんですか」

「決まってるだろ。おまえを抱く。最後までな」

「最後……」

「俺と繋がるんだ、蓮。今夜、ここで」

「ここで……最後まで……？」

「嫌か」

ぐっと目力を込める拓也に射竦められ、びりびりとした痺れのような快感が全身を駆け抜ける。

彼のＳｕｂとして、身体の隅々まで作り替えられてしまったようだ。

「でも……でも、なんの準備もして、なくて……」

「俺に任せろ。とろとろに蕩かしてやる。二度と他の奴に目をつけられないようにおまえの奥で出してやる」

扇情的《せんじようてき》な言葉にカッと耳が熱くなる。

この身体の奥の奥まで挿ってくるつもりなのだ、彼は。

「じゃあ、せめて……シャワーかお風呂……」

「だめだ。おまえの頭が冷えたら困る。……待てないんだ、蓮」

渇望《かつぼう》とうっすらとした哀願を聞き取り、抗いが手足から抜け落ちていく。

拓也ほどの男でも懇願《こんがん》することがあるのか。それも、自分なんかのような男に。

「ほんとうに……ほんとうに僕で……いいんですか？　あなただったらどんなＳｕｂでも選び放題でしょう」

「おまえじゃなきゃ嫌だ」

頑強な男にしては可愛い言葉にちいさく笑い、蓮からもためらいがちにゆっくりと両手を彼の首に回す。

「……やさしく、してくださいね」

「努力する」

ちゅ、ちゅ、と顔中にキスを降らせてくる拓也に応え、蓮も頬擦りをする。熱を帯びた拓也の鋭い頬は心地好くて、胸が甘く疼く。

「口を開けろ」

「ん……」

舌がねじ込まれるのかと思ったら、ひと差し指が挿ってきた。うずうずと上顎を撫でてきて、くすぐったい。口を閉じられないので唾液が口の端からこぼれ落ちるのが恥ずかしい。

口内で拓也の指は自在に動き回り、舌先をつまんだり、表面を軽く引っかいたり。散々指で嬲ったところで引き抜き、疼きっぱなしの舌をきつく吸い取ってくる。

熱い唾液が伝ってきて、思わずこくりと喉を鳴らした。拓也の想いの激しさがそのまま籠もっている。互いに舌先をくねり合わせる中、ときどきいたずらっぽく噛まれるのがたまらなくよかった。ぴりっとした痛みがじわんとした快感にすり替わっていくのだ。

「ン……っふ……」

ルームウェアの上から胸をまさぐられ、つい甘い声が出てしまった。平らかな胸を弄られてもなんともないはずなのに、尖りを探り当てられ、つままれると身体の芯が火照る。

「や、あっ、あ……あぁ……ったく、や、さん、……そんな、とこ……っ」

「感じるはずだ。おまえは俺のＳｕｂなんだからな」

そう言って、拓也が汗ばんだ肌からルームウェアを剝ぎ取っていく。

心臓の真上に骨張った手を置かれた途端、どくどくとうるさいほどに鼓動が躍りだす。平静を保とうとしても無理だ。彼の厚い手のひらがぐっと食い込んできて、掠れ声が漏れてしまう。

手はじわじわと中央に近づいてきて、ツキンと尖る肉芽を親指とひと差し指でつまみ、こよりのようにくりくりと揉み込んできた。ちりっとした火花のような快感が身体のそこかしこで弾ける。

「あ……んっ……」

乳首を弄られて感じまくる恥ずかしさで声を殺したいのだけれど、執拗にそこを揉まれて狂おしい。身体をよじらせ、どうにかしてほしいと訴えれば、ぎゅっと乳首を嚙み締められた。

「あ、ア……――ッ！」

尖りの根元を強く食まれてじっとしていられない。身体中に火の粉をまぶされたようだ。

「蓮のここは嚙み心地がいい。もっと育ててやる」

「や、あ、あ、も……！」

ぷっくりとふくらんだ実は真っ赤に熟し、拓也の征服欲をますます煽るらしい。ぎらりと犬歯を見せて舌舐めずりした男は右、左と乳首を舐り、しゃぶり尽くす。

乳首の根元からツキンと勃《た》ち上がったことを確かめた拓也に先端をピンと指先で弾かれ、あまりの鋭い快楽にぐうんと身体をのけぞらせる。

「気持ちいいか？　乳首をもっと弄られたいだろう」

「ん、んぁ、あっ……い、いい……っ」

「いい子だな、蓮。もっと舐めてやる」

「ん、んん……！」

くちゅくちゅと嚙み転がされるのがよくてよくて、背中がじっとりと汗ばみ、シーツに皺を刻む。

熟れきった肉芽を親指で押し潰してからまたくちびるに含み、拓也は下肢へと手を伸ばしていく。蓮のそこはすっかり昂ぶっていた。荒々しいキスに胸への愛撫が相まって、つらいほどに、いい。

「もうぐしょぐしょじゃないか」

くっと肩を揺らして笑う男に羞恥の涙を滲ませ、ちいさく頭を横に振った。

やめてほしい——やめないでほしい。続けてほしい、もっともっと深いところまで。

肉茎に五指を巻き付けて扱く手は慣れたものだ。次々と蓮の快楽の源泉を探り当て、酷なまでに追い詰めてくる。

彼の手の中ではち切れんばかりになっていた肉竿はガチガチで、先端の割れ目をすりっと擦られただけで達しそうだ。

そのことがわかったのだろう。乳首をしゃぶりながら肉茎を巧みに扱く男が低く囁いてきた。

「何度でもイかせてやる。我慢しないで出せ」

「ん、っあ、あ、だめ、だめ……っイく……っ！」

どくんと身体を波立たせ、白濁を散らした。

「溜めてたか。たくさん出したな」

「あ、はぁっ、は……っあ……っ……ぁ……」

出しても出してもまだ飢《う》えている。とくとくと脈打つ肉茎からは滴が溢れ続け、拓也の手のひらを濡らしていった。だが今夜の彼はここで終わるつもりはないようだ。身体を起こし、ベッドヘッドに置いていた細長いボトルを取り出すと、ねっとりとした液体を手のひらに広げ、両手を擦り合わせた。

　にちゃり、と淫らな音が鼓膜に染み込む。

「ローションを使う。慣れてないおまえの中にいきなり挿るのは酷だからな」

　透明な糸を引く指が肉茎から双玉、そして窄まりへと辿っていくたびに、ぞわぞわと全身の産毛が逆立つ。

　そこへの愛撫は久しぶりだ。ぬるりと温かく濡れた指が狭い孔の周囲をくすぐり、かりかりと引っかく。

「見せてみろ。この間みたいに自分で膝の裏を抱えていろ」

「う、ん……っ」

　達したばかりの身体は敏感に拓也の言葉に反応し、コントロールされたがっている。汗ですべる手でじわりと汗ばむ膝裏を摑み、羞恥心に苛《さいな》まれながらそろそろと左右に開いていく。飛び散った愛蜜で下生えも陰嚢もぐっしょりと濡れていた。そこへローションをさらに足されて、ぐちゅぐちゅといやらしい音が響く。

　蓮の感じるところを知り尽くしているかのように拓也の大きな手は自在に動き、濡れそぼった孔の中へぬるんと指をもぐり込ませてきた。

「っく……！」

「狭いな。ゆっくり馴らすから安心しろ。こんなにきつくちゃ乱暴にしたら傷つけちまいそうだ」

ぬくぬくと挿ってくる指の骨っぽさや節を秘めた肉壁で感じ取り、未知の感覚と圧迫感にとめどなく声が溢れる。

第二関節まで呑み込ませた指がくいっと上向きに擦りだした瞬間、「——あ」と欲情に掠れた声が喉奥から漏れ出た。

「あ、あ、や、そこ、や、ん、んぁ、っ、だめ、だめ……！」

「ここがおまえのいいところだな」

もったりとしたしこりを指で擦られ、揉まれ、頭がおかしくなるぐらいに感じる。中に刺さった指が苦しいはずなのにもっと太いものを呑み込みたい。指が二本から三本に増やされ、ローションのぬめりを助けにぐしゅぐしゅと出し挿《い》れを繰り返す。

やわらかに蕩けた肉襞が彼の指に絡み付き、奥へ奥へと誘い込むのが恥ずかしいのにやめられない。

「や、あ、ぁ、あ……っあ、もう、……ん……ぁ……っ」

三本の指を咥え込まされ、息も途切れ途切れだ。指の届かない奥までもが淫靡にざわめいていて、男に暴いてもらえるのを待ちわびている。

腰を揺らめかせ、懸命に彼の肩を摑んだ。

「たくや、さん、だめ、これ以上……っ」

「ああ、わかってる」

深く息を吸い込む拓也が身体を起こし、手早くルームウェアを脱ぎ捨てる。深く斜めに切り込む鎖骨から広い胸、引き締まった腹、張り出した腰骨と視線をずらしていき、雄々しく猛《たけ》ったそこに釘付けになってしまう。

あまりの凶悪さに勝手に喉が鳴った。赤黒い怒張は透明な滴をとろりと垂らし、臍《へそ》につきそうなほど反り返っている。濃い繁《しげ》みを指先でかき回しながら太竿を摑んで軽く扱き上げる拓也の視線はちらりとも外れず、圧倒的な強さで蓮を射貫く。

ぶわっと全身から汗が噴き出すほどのグレアを感じて頭がくらくらしてきた。

いま、なにを命じられても従ってしまいそうだ。それがどんなにはしたないコマンドだったとしても。

「蓮」

低く飢えた声にうなじを熱くし、無意識に彼の逞しい腰に両足を絡み付けてすりっと撫で上げた。狭隘《きようあい》に熱い充溢を感じてぎゅっと瞼を閉じる。もうすぐ、もうすぐ拓也とひとつになる。引

き裂かれるような痛みを覚えるかもしれないけれど、それでもいい。けっして忘れられない跡をこの身体に残してほしい。

――僕があなただけのＳｕｂなら、どうか。

全身を縮こまらせて衝撃を迎えようとしていると、頭上から深いため息が落ちてきた。

「……そんなに怖がらせるつもりはないんだ」

「拓也、さん……？」

熱が少しずつ遠ざかっていくことに驚いて目を開けば、決まり悪そうに笑う拓也が視界に入った。どこか傷ついた顔が気になって仕方がない。

「――もっとおまえを熱くしてから繋がろうと思ってたのに、泣きそうな顔をさせるなんてＤｏｍ失格だな」

「そんな――そんな、僕は……」

寸前で離れていってしまった熱を追いかけたくて手を伸ばしたものの、軽く抱き締められて額にやさしくくちづけられた。

「俺が早まった。くそ、頭に血が上りすぎだな。おまえを守るつもりだったのに……シャワーを浴びてくる」

窮屈そうに下着を穿いた拓也に頬擦りされて、蓮は茫然としていた。

あと少し。

あともう少しだったのに。

第七章

なにがいけなかったんだろう。

うぶなＳｕｂなのに、誘うような媚態《びたい》を見せてしまったのがいけなかったのか。

拓也とひとつになれなかったことを悶々《もんもん》と悩んでいるうちにカレンダーはあっという間に九月に入り、毎日快晴続き。連日残暑となり、室内にいても冷房をずっとつけていないと熱中症になってしまうほどだ。

『Ｄ．Ｄ．Ｄ』としての活動は好調で、拓也はあの夜がなかったような振る舞いで、至って普通に蓮に接してきた。

自室で個人チャンネルの編集作業に没頭していたが、ふとした拍子に意識が逸《そ》れて、あの摑み損ねた夜を思い出してしまう。

「僕のこと、嫌いになったのかな……」

うじうじと考え込んでしまう自分が情けない。頭を強く振って立ち上がり、冷蔵庫の麦茶を取りに行こうとしたとき、チャイムが鳴った。インターフォンをのぞけば、慎一だ。すぐに扉を開け、彼を迎え入れた。

「お疲れ、作業中だった？」

「いいえ、大丈夫です。ちょうど休憩しようかなと思っていたところで」

「だったら、俺と近所のランチを食べに行かないか。拓也も誘おうとしたんだけど、あいつ、朝から個人チャンネルの撮影に出かけたみたいでいないんだ」

「僕でよかったら」

ひとりでいるのは落ち着かなかったので、慎一の誘いは素直に嬉しい。急いでルームウェアからTシャツとハーフパンツに着替え、慎一と連れだって外に出た。サングラスをかけてきて正解だ。降り注ぐ陽射しは肌を灼き、マンションを出て数分のところにある昔ながらの喫茶店にそろって駆け込んだ。

「あー涼しい。今日もめちゃくちゃ暑いよね。もう一日中冷房をつけっぱなしだよ。いつになったら秋が来るんだろ」

「ほんとうに」

「ここ、手ごねハンバーグランチとビーフシチューが美味しいんだ。蓮くん、なんにする？」

「僕はビーフシチューで」

「俺もそれで」

ふたりぶんのランチを注文し、先にアイスティーを運んでもらった。

綺麗な琥珀《こはく》の液体に詰まった氷をカラコロとストローでかき回し、厨房から漂ういい香りに鼻を蠢かせる。

「この喫茶店、いつも外から見てるだけで一度も入ったことがなかったんですが、だいぶ古めかしくていい雰囲気ですね」

「だよね。店主は高齢のご夫婦なんだ。いまはお洒落なチェーン店が主流だけど、俺としてはこういう古風な喫茶店もやっぱり残ってほしいな」

「ですね。お客さんも常連さんが多そうだし、落ち着いてます」

店はそう広くないが、清潔だ。テーブルクロスは赤と白のチェック模様で、窓にはレースカーテンがかかっている。

ほどなくして、湯気を立てたビーフシチュー、サラダ、パンが運ばれてきた。「いただきます」とふたりでスプーンを手にする。

こっくりとしたブラウンのスープをすくって飲んでみると、とても濃くて美味しい。肉もスプーンで切り分けられるほどのやわらかさだ。肉片を頬張るとじゅわっと蕩け、なんとも美味しい。

「うん、すごく美味しいです」

思わず顔がほころぶ。

「よかった。最近、蓮くん元気がないみたいだったからさ、気になって。拓也となにかあった？」

「いえ、あの……とくにはなにも」

言葉を濁し、新鮮なサラダを味わう。フリルレタスとトマトが瑞々しい。

心配そうな顔をする慎一が、「ね」と身を乗り出してくる。

「間違ってたら申し訳ないんだけど……、蓮くんってさ、もしかしたらＳｕｂじゃないのかな？」

「え？　あ、あの」

「いや、単なる勘なんだけど。君はいままで俺たちとＤｏｍとして活動してきたが、グレアを発したことは一度もない。まあ、Ｓｕｂが周りにいないからべつにおかしくないんだけどね。ただ、あの拓也の言葉には従順な気がして。以前の生配信のとき、拓也が画面越しにグレアを発したことがあっただろう。あのとき、わずかに君が反応したように見えたんだよ」

鋭い観察眼に声を失い、食べかけの皿にスプーンを置いた。

言うか、言うまいか。

仲間である慎一のことは信用している。だけど、自分がじつはＤｏｍではなく、Ｓｕｂだとわかったら軽蔑しないだろうか。

悩みあぐねている蓮に、ふわりと慎一が笑いかけてきた。

「ごめんね、急に。もしも君がＳｕｂだとしても、俺たちは仲間だ。『Ｄ．Ｄ．Ｄ』も続けていこう」

「でも……視聴者さんを騙《だま》すようなことになるんじゃ……」

「本音と建て前ってあるだろ？　グレアやコマンドを発しないＤｏｍがいたっていい。俺は君の秘密を守るよ」

確かな声で約束してくれた慎一に観念して、こくりと頷いた。

「そうです。僕は……Ｓｕｂです。最近自覚したんですが」

「自覚させた相手は拓也？」

「はい」

「あいつ、強引だからなぁ。あ、シチュー冷めないうちに食べようよ。ね」

「……はい」

うながされて、再び肉を口に運ぶ。

思いがけず、ほっとしていた。いままでは拓也とふたりきりの秘密だったことを、信頼している慎一が気づいてくれていたのだ。

「ひとりで抱え込んでるの、きつかっただろう」

「そう、ですね。僕自身、幼い頃からDomだと信じきっていたから。でも……かかりつけの主治医に、『おまえはDomだ』と言い聞かされていたような覚えもかすかにあって……」

「家族にSubはいたの？」

「亡くなった祖父がそうだったらしいんです。通夜の際にたまたま親族の話を耳にしてしまったんだけど、まだ僕自身幼かったからなにがなんだかわからなくて。最近までずっと思い出さなかったんですが、拓也さんのグレアを浴びて反応してしまう自分に気づいて……それで」

「拓也にコントロールされた？」

じわっと耳たぶが熱くなる。いま、きっと顔中が真っ赤だろう。

わかりやすい反応をしてしまう己に忸怩《じくじ》たるものを覚えていると、慎一がなだめるように微笑みかけてきた。

「誘導尋問はよくないね。君と拓也がうまくいってるならいいんだけど。あいつさ、横柄で傲慢に見えるけど、案外脆《もろ》いんだよ」

「拓也さんが……脆い？」

「愛情を知らない男なんだよね」

アイスティーに口をつけ、慎一が言葉を続ける。

「君を『D．D．D』に誘う前だったかな。ふたりでフレンチを食べながら呑んでいたら、あいつ、したたかに酔ってさ。個人でも成功しているのに、なんでグループを作りたいんだって訊いた俺に、『信頼できる仲間が欲しいんだ』って言ってた。あいつの実家、大きな病院なんだよ。長男である拓也は当然跡継ぎを期待されたけど、堅苦しくて大学のランクでしか他人を判別しない両親を軽蔑して家を飛び出したんだ。親とはそのとき絶縁したらしい。でも、もともと力のある男だろう。育ちのよさや品もあって、自己表現のひとつとして始めた動画配信が当たって、この道一本でやっていくと決めたんだって」

「そうだったんですか、ぜんぜん知らなかった。実家の病院は？　どうなったんですか？」

「弟が継ぐことになったようだよ。拓也に似て、弟さんも頭のいい奴らしいからね。ただし、とても真面目でお堅い。水商売みたいな動画配信者とは無縁かな。……拓也って不器用なんだよ。君も知ってるとおり、メンバーに誘うときだってかなり強引だったし。こっちの気も知らないでって俺も思ったけど、つき合っていくうちにわかったんだよね。あいつ、相当の寂しがり屋」

「拓也さんが寂しがり屋？」

「そうだよ。だいたい、俺たちを同じマンションに呼び寄せたのだってそう。自分なりの勘で俺たちを選んだんだろうけど、個人チャンネルの編集以外はいつも俺か蓮くんの部屋に入り浸りだろ？　そのうえ、あいつは君に首ったけだ」

「首ったけ、って」

熱烈な言葉に身体が火照り、慌《あわ》ててアイスティーのグラスに手を伸ばす。

「実家は裕福でも愛されてこなかったからさ、加減がわからないんだよ。だから君にもときどき無茶を強《し》いてしまうことがあるかもしれないけど、悪い奴じゃないから」

「そういうの、……僕に話したことがないです」

「格好付けだから、拓也は。君の前では強い男でいたいんだよ」

茶目っ気たっぷりにウインクする慎一に気が解れ、ちいさく笑った。

「……俺だけのＳｕｂだって言ったんです、あのひと。初め僕は信じていなかったけど、どうしてもあのひとのコマンドに逆らえなくて……支配されたいって思うようになったんです」

「君がＳｕｂじゃなくても、拓也のコマンドには威力があるからね。俺でもたまにあいつのグレアにびびるよ」

ね、と言って慎一が声を潜める。

「あいつを支えてやれるのはＳｕｂの君だけだと思う。同じＤｏｍの俺には虚勢を張って言えないこともあるだろうからさ。Ｄｏｍっていうのは、自分だけのＳｕｂを可愛がりたい、尽くしてやりたいと思うものなんだ。拓也にとって君はそういう存在なんだと俺は思っているよ」

「慎一さんにはいないんですか？　慎一さんだけのＳｕｂ」

「いまのところは、残念ながらまだ。いつか出会えたら嬉しいね。俺だけのＳｕｂに出会えたらとことん甘やかしてあげたいよ」

「ふふ、慎一さんらしい」

くすりと笑う。爽やかなアイスティーを飲み干し、真実を打ち明けたいま、気持ちはだいぶ軽い。

「面倒だろうけど、拓也のことよろしくな。俺じゃどうにもカバーできない面もあるだろうからさ」

「できるかぎり、頑張ってみます」

「君たちふたりが正式なパートナーとなることを祈っているよ」

慎一のやさしい声に、「はい」とはにかみながら頷いた。


その夜、思いきって拓也の部屋を訪ねてみた。きっと夜遅くまで編集作業をしているだろうから、差し入れにコンビニスイーツで人気のあるプリンを持参した。SNSで話題になった一品で、店頭に並ぶと瞬殺で売り切れてしまうプリンを運よく夕方見かけたので、買っておいたのだ。

固めで、すこし苦みのあるカラメルを拓也は気に入ってくれるだろうか。

部屋のチャイムを鳴らしたものの、返答はない。試しにドアバーを引っ張ってみると、あっさりと開いた。

「拓也さん、お邪魔します……」

声をかけながら部屋に上がり、作業部屋の扉をノックする。返答はなし。プリンの入ったビニール袋を提げて扉を押し開けてみれば、灯りを消した暗い部屋の中、広い背中がぼんやり見えた。

やっぱり作業中だったかと思ったのだが、大型モニターには字幕付きの洋画が流れている。気配を感じたのだろう、振り返った拓也は一瞬驚いた顔をしていたが、もう一脚ある椅子をぽんぽんと叩く。

座れ、ということなのだろう。

「失礼します」

椅子に腰掛け、膝に置いたビニール袋からプリンとプラスティックのスプーンを取り出し、彼に渡した。

「プリン……？」

「美味しいって評判なんです。映画の鑑賞中お邪魔してすみません。よかったら食べてください」

それだけ言って立ち去ろうとしたのだが、手首を摑まれた。

「ここにいろ」

「……わかりました」

画面では、男性と幼い男の子がブランコに座ってゆらゆら揺れている。それを横目に、蓮もプリンの蓋を開け、スプーンでひと口。

ほろ苦いカラメルがじんわり美味しい。大人に人気があるのも頷ける味だ。

「この映画、観たことあるか」

問われて画面を観たが、首を横に振った。好きな映画、本について語る個人チャンネルを持っているが、この映像には見覚えがない。

「いつ頃の映画ですか?」

「三十年前ぐらいだな。俺たちが生まれるよりも前の作品だ。日本では公開されなかった地味な映画だ。いまはサブスクリプションに入ってる」

その割には熱心に見入っていると感じて、「どんな話なんですか」と訊いてみる。拓也はもう何度もこの映画を観ているように思えたからだ。

「とある独身男性がある晩、庭に迷い込んできた子どもを保護する。子どもは口が利けなくて、なんとか身振り手振りで住所や名前を聞き出そうとするんだが、無理だ。男の住んでいる町はちいさい。警官に預ければ問題ないんだろうが、しがみついて離れない子どもが痛々しくてそのまま数日家に置くんだ」

男性は二年前に離婚しており、妻や子どもとも別れた。子どもに会いたいと願うが、元妻はすでに再婚しており、なかなか叶わない。どこか自分の子に似た横顔を持つ迷子の世話をするうちに、不思議なことが起こり始める。

「ある朝寝坊して起きると、もう食卓が整っているんだ。焦げたパンケーキにミルク、サラダがテーブルに載っている。『おまえが作ったのか？』と訊いても、迷子ははにかむだけでなにも言わない。ふたりで食べる朝食はとても美味しい。男は元弁護士で失職中でもあった。ちょっとは貯金があるから、半年ほどのんびり暮らそうと考えていた。そこで、この子どもを車に乗せて、あちこちに連れ出す。どこかにこの子の親がいるんじゃないかってな。きっと死ぬほど心配しているだろう。捜索願いも出ているだろう。だけど、どこに行ってもその子の親は見つからない」

男性と幼子は一緒のベッドで寝るようになる。ぎゅっとしがみついて眠る子の丸い頭を撫でていると、自然と涙が滲む。我が子をあやしているようだ。この子はどこから来たんだろう。そしていずれは親が迎えに来るのか。愛情が湧く前になんとか親を見つけたいのだが、子どもが行方不明になったというニュースは一向にテレビでも新聞でも報じられない。

そのうち、――この子をうちで育てようか、という気分になる。近所のひとには親戚の子を引き取ったとでも言って。腕の中ですやすやと眠る子を見ていると、胸が和む。結婚していた頃は仕事ばかりしていて家庭を顧《かえり》みなかった。実の子がよちよちと歩く姿もほとんど見ていない。だったら、失った温かい時間をこの子と取り戻そうか。そうだ。そうしよう。

「で、男は子どもを育てる決意をする。次に仕事を決めるときは子ども最優先だ。自由な時間が取れて、子どもの成長をこの目で見ていきたい。そう願った矢先に、子どもが姿を消すんだ」

「それ、どうなるんですか？」

いつの間にか拓也の話に引きずり込まれていた。画面では、男性と子どもが食卓を囲んでいる。温かいランプの下、男の拙い料理を美味しそうに頬張る子の笑顔が画面いっぱいに映し出されていた。

「男は半狂乱になって子どもを捜し回る。今度こそ失いたくない愛情だ。だけど、あの子がうちに来てからというもの、不思議なことばかり起きていた。いつの間にかランプが点いていたり、食事が作られていたり、ベッドメイクされていたり。――あの子は、ほんとうに現実に生きている子なのか。幻なんじゃないのか。男は自分の正気を疑い、連日あちらこちらを捜し回り、疲れ果てて眠る。地位も名誉も、なんだったら金も要らない。あの子さえそばにいてくれれば。ゴーストでもフェアリーでもいい。自分の目にしか映らない存在であっても、そばにいてほしい。強く願いながら泣き疲れて眠ると――翌朝、腕の中にあの子がいる。男は驚きつつも、そのちいさな額にキスして、寝顔に見入るんだ。もう二度と離さないと誓って、な。それで終わりだ。地味でちょっと謎めいた映画だろ？」

「ですね……その子、ほんとうは幽霊か妖精なんですか？」

「それはわからん。作中でも言及されていなくて、観たひとによって解釈が異なる。でも、俺は好きなんだ、この作品」

肩が触れ合うほどの距離で、じっとモニターを見つめた。

男性が子どもを助手席に乗せてドライブしている場面。お風呂に一緒に入って泡だらけになり、笑い合う場面。そこには淡々としていながらも、確かな愛情と絆《きずな》が育まれている。

頬杖をつく拓也が、蓮の肩に頭をもたせかけてきた。

「――俺はさ、頭がよくて顔もいい。どこに出しても恥ずかしくないＤｏｍだ。だけど、実家じゃ浮いてた存在だ」

「どうしてですか」

「親父よりもお袋よりもグレアが強くて、幼い頃から我が物顔だった。あんまり可愛げのない子どもでな。パパとかママとか、言った覚えがない。『ねえ』とか『なあ』とか程度で。両親はそろって病院経営に忙しくて、家事育児は家政婦に任せきりだった。親と旅行した覚えもない。遊園地も行ったことがない。それで俺はひねくれたんだろうな。テストで百点を取ってもそれぐらい当たり前だと言われて、運動会の百メートル走で一位になっても褒められなくて、学校で喧嘩しても無視されて、自分がいったいなにをやりたいのかわからなくなった」

――たった一度、褒められればそれでよかったんだけどな。

ぽつりと呟く彼のさらさらした髪が首筋に触れる。

「二歳下の弟も同じようなものだったが、あいつはもともとおとなしい奴でさ。真面目一辺倒で手のかからない奴だから、親にしてみれば楽だったんだろうよ。だから自然と親は弟ばかり可愛がるようになった。生意気な俺より、無口な弟のほうが育てやすかったんだろう。中学に上がった俺はちょっと悪い奴らともつき合った。進学校の高校に行った先でも授業をフケたり、放課後は繁華街をぶらついたりするようになった。何度か補導されたこともあったが、親はなにも言わなかった。まるで興味がないようだったな。それでいて、病院の跡継ぎは俺だと決めつけていた。長男だからってだけで」

「……寂しかったですね」

なにげなく彼の髪を撫でると、かすかに鼻を鳴らしながらも拓也は身体を擦り寄せてくる。

「ご両親とはもう会ってないんですか」

「俺が跡継ぎを蹴って動画配信の道で食ってくと言ったときに絶縁になった。いまの俺は最高級の血統書付きの野良犬同然だ」

「そんなことないです。拓也さんを応援しているひとはたくさんいるじゃないですか。慎一さんも心配してましたよ」

「おまえは？」

黒目がちの目ですいっと見上げられ、恥じらいながらもこくりと頷く。

「僕だって応援してます。こころから」

「それだけか」

「それ以外に、なにかあるんですか」

自分でも可愛くない返答をしてしまったが、言いたくても言えないことだってあるのだ。

——好きだって言いたいのに。あなたを好きになったと言えたらいいのに。でも、僕はカラーをもらっていない。ただの通りすがりのＳｕｂなのかもしれない。

「どうしておまえはいまここにいるんだ」

「……プリン、食べるかなと思って」

「そうじゃなくて」

「なにが言いたいんですか。邪魔だったら帰ります」

彼だけが答えを引き出したいのならずるい。少し声を尖らせると、「そうじゃない」とぐりぐりと肩口に頭を押し付けられる。

「……なんで俺のそばにいてくれるんだって言いたかった」

「それは——、ちょっとだけ……あなたが心配だったから。拓也さん、放っておけばずっと作業してるし、寝不足の日も多いでしょう。目の下に隈《くま》作って僕の部屋に来ることもあるじゃないですか。『D．D．D』の企画だって、ほとんどあなたが作ってるし……心配なんですよ」

「そうか」

ふっと口元をゆるめた拓也は頭をもたせかけたままだ。

「さっきみたいに撫でてくれ。気持ちよかった」

請われて、髪をもう一度撫でる。

今度は隠せない恋ごころも含めて。

モニターでは男性と子どもがひとつのベッドで眠っていた。

傲慢な男のこころに巣くう寂しさを知り、髪を慰撫してやる。

案外脆い男なんだよ、と慎一は言っていた。

今夜のことがなかったら、なにを言ってるんですかと言い返していたことだろう。

だけど知ってしまった。拓也は寂しい男なのだ。

「どうして動画配信してるんですか」

「まあ、率直に言って目立てるしな。それに映像には昔から興味があったんだ。配信者になる前からビデオカメラを回して風景を撮ったり、車の窓から流れる景色を撮ったりしてた」

「それだけじゃないでしょう。大勢のひとの喜ぶ声を聞きたかったんじゃないですか。あなたが子どもの頃、そうしてほしかったように」

拓也はじっと考え込んでいる。それから蓮の指を摑んできて、軽く手遊びを始めた。

「そういう蓮はどうなんだ。どうして動画配信なんてやってる？」

「僕も……あなたに似てるかな。両親には普通に育てられてきたと思うんですが、Ｄｏｍぞろいの一家だったから、相応の振る舞いを求められました。あなたみたいに強く、自分の意見をしっかり言えるような。でも僕、自己表現が下手で。親の求めるような強い男性にはなれなかった。そんな自分でもいいんだって認めたくて……認めてもらいたくて。好きな本や映画の魅力を発信していくことで共鳴してくれる誰かを見つけたくて動画配信しているんだと思います」

「似た者同士だな」

「見た目はこんなに違うのに」

「だから惹かれるんだろ」

胸が疼くようなことを言って、拓也がくちびるを重ねてきた。軽く、ふわりと一度だけ。

甘く吸い合うようなキスのあと、またそろって映画に見入る。

恋ごころがいまにも弾けてしまいそうなのが怖いけれど、このままでもいい。仄暗《ほのぐら》い部屋でふたり肩を寄せ合うだけでもいい。

手は繫いだまま。

彼と出会って以来、彷徨《さまよ》い続けたこころが落ち着くべきところに落ち着く——そんな不可思議な安堵感を覚えていた。

第八章

空が高く澄み渡る朝を迎えると、本格的に秋が近づいているのだと知る。木の葉が舞い散り、冷たい風が吹くのはもう少し先だろうけれど、気持ちよく目を覚ました蓮は大きく伸びをして起き上がり、寝起きのぼんやりした頭でカーテンを開いた。

きらきらした陽が射し込んでくることに思わず微笑み、アラームが鳴る前の目覚まし時計を手に取る。日が経つのは早く、暦《こよみ》は十月中旬に差し掛かっていた。

まずはキッチンに行ってグラス一杯の水を飲み、それからバスルームへと向かう。昨夜は遅くまで編集作業をしていたので、熱いシャワーを浴びて頭をすっきりさせたい。

引っ越ししたての頃に拓也からもらったボディソープとシャンプーはすっかりお気に入りになっていて、ネットで探して購入したぐらいだ。フランス製なのでそこそこいい値段をしているが、拓也と同じ香りなのだと思うと惜しくなかった。

全身を泡立てて熱い湯で流し、さっぱりしたところで朝食を作ることにした。

今日は簡単に六枚切りの食パンにマヨネーズを塗り、缶詰めのコーンをたっぷりまぶして、蕩けるチーズを載せ、トースターで焼く。つけ合わせはインスタントのコンソメスープに、ルッコラとトマトのサラダだ。それにヨーグルト、コーヒー。

「いただきます」

カリッと焼けたトーストの耳が美味しい。マヨネーズとコーンの組み合わせが好きで、よく作る簡単メニューだ。コンソメスープは気に入りの輸入食品店で定期的に購入している。オニオンスープもコーンスープも美味しい。

空腹が満たされたのでコーヒーの残りも飲み干し、食器をシンクに運び、すぐに洗い始める。一度溜めてしまうと片づけるのが億劫《おっくう》になるので、スマートフォンで動画を流しながらさくさくと洗うのがいい。

今日の予定は決まっていない。慎一も拓也も自室で個人チャンネルの作業をすると言っていた。蓮はすでに今夜アップする予定の動画編集を終わらせているので、フリーだ。

あれから怪しい男はまったく見かけなくなった。もう飽きてくれたなら、それで構わない。だったら、どこかにひとりで出かけようか。朝晩はすっかり秋めいてきたから、新しいシャツやジャケットを買いに行くのもいい。インドア型の動画配信ではあるが、服装には気を遣っている。たいていは、シャツとチノパンツ、もしくはシャツとジーンズという格好だ。

いまのところ、『D．D．D』としての動画は週に二度から三度の配信に落ち着き、個人チャンネルはその合間を縫って上げている。視聴者には清潔な印象を与えたい。表参道《おもてさんどう》に好みのセレクトショップがあるので、そこを訪ねがてら、気になっていたカフェにも足を運んでみようか。雰囲気がよかったら、事前に許可をもらって、日をあらためて撮影場所にするのもいい。

決まりだ。今日は外出だ。

七分袖のボタンダウンシャツにグレンチェックのパンツを合わせ、念のためサングラスをかける。慎一と拓也に出かけることを直接伝えるかどうしようか迷ったが、作業に没頭しているところを邪魔するのは忍びない。三人のグループＬＩＮＥに、『青山《あおやま》に買い物に行ってきます。十五時頃には戻ります』と送信しておき、部屋を出た。

清澄白河《きよすみしらかわ》から渋谷《しぶや》へは電車一本で出られる。そこから歩いて表参道へと向かうことにした。渋谷というのは山あり谷ありで、細い道も多い。普段、のんびりしている地元から都会に出ると、大勢のひとに圧倒される。それでも平日の午前中だ。週末ほどの混雑はなく、目的のセレクトショップでも気に入る服をゆったりと試着して買うことができた。

「蓮さん、最近大活躍ですね。いつもチャンネル観てますよ」

「ほんとうですか？　ありがとうございます」

『D．D．D』のこの間の大食い競争、めちゃくちゃ笑った。拓也さんが圧倒的勝利を収めるかと思ったら、意外にも慎一さんと蓮さんが競ってましたよね」

「お恥ずかしいです。あれ、慎一さんが全部作ってくれたんですよ。どれも美味しくて、箸が止まらなくて」

馴染みの店員と軽口を叩きながら秋のワードローブに選んだのは、スカイブルーのシャツと、薄手のオフホワイトニット、細身の品のいいダークブラウンのパンツ。それに大きめのカバーオール。靴も新調しようかと考えたが、服だけで結構な荷物になったので、そのままカフェへと足を向けた。

細い路地を入ったところにオープンしたカフェは、白い外壁が美しい落ち着いた店構えだ。窓がたっぷりと大きく採られ、ウッドデッキには青いパラソルが咲いている。店内とデッキのどちらで休憩するかしばし悩み、天気がいいこともあったので外のテーブルを選んだ。

ほうれん草とベーコン、きのこにたまごをこんがり焼いた具だくさんのガレットとティーソーダが美味しそうだ。やってきたウエイターにオーダーし、しばしぼうっと路地を眺めた。

大通りに出ればビルがひしめき合い、さまざまなショップが軒を連ねるが、一本裏に入っただけでとても静かだ。周辺は住宅街のためか、ひと通りもそう多くない。可愛いポメラニアンを連れて散歩する女性、自転車をのんびり漕《こ》いでいる初老の男性。中学生や高校生はまだ学校だろう。たまに通りかかるのは大学生とおぼしき若者だ。

「お待たせいたしました。ティーソーダとガレットです」

綺麗に盛り付けられたガレットは写真映えしそうだ。今日の記念に、とスマートフォンで撮影してから、丁寧に切り分けて頬張ると絶妙なもちもち具合がとても美味しい。ティーソーダも爽やかな味わいだ。

予定のない自由な時間がとてもしあわせに思える。

ただ、隣に拓也がいてくれたらいいのに、とは思う。

映画を一緒に観た夜から、恋ごころはますます募る一方だ。

あの夜。豪胆な拓也のこころの奥に触れられた気がした。脆くて、やわらかな感情を彼は隠し持っている。

あんなに見栄えのする男なのに、愛される喜びを知らないのだ。そして、自分もまた。

誰かに見つけてほしくて、認めてほしくて、動画配信をしている。もちろん、クリエイティブな面でのやりがいは感じているけれども、自己表現のためにやっているというところが大きい。

動画を通じて自分という人間を知ってもらい、受け入れてもらいたいと願っている。

——承認欲求が激しいのかな。あのひとも僕も。

苦笑いして食事を終え、会計してまた表参道をぶらぶらする。どこのショップもすっかり秋模様で、トレンチコートや暖かそうなコーデュロイのジャケットが飾られていた。早くもアーガイルの編み模様が綺麗なカウチンが並んでいるのを見つけてふらりと店に入る。店員に頼んで試着させてもらえば、しっかりとした手編みのニットが気持ちいい。

「これ、お願いします」

「ありがとうございます」

深々と頭を下げる店員にカードを渡し、商品を包んでもらう間店内をチェックすると、綺麗な赤と緑のハンカチが目に留まった。

せっかくだから、拓也と慎一へのお土産に買っていこう。追加で購入し、プレゼント用に包んでもらった。赤いリボンが拓也、緑のリボンが慎一だ。

左肩にずしりと食い込むショッパーを提げて、さあそろそろ帰ろうか、それとももう一軒ぐらいカフェに寄っていこうかと思案しているときだった。

どこからか視線を感じる。

動画の視聴者だろうか。それとも、拓也とか慎一とか。通りの端に寄ってあたりを見回してみたものの、それらしき人物は見当たらない。

気のせいかと思い直して歩きだしたが、やはり刺すような視線を背中に感じる。一方的に蓮の顔を知っている視聴者がこっそり跡をつけてきているのだと思いたい。その場合、どう対応するかは決めてある。知らぬ顔をして電車に乗り込んでしまうか、思いきって振り返り、ひと言ふた言交わすか。

だけどその視線は一定の距離をキープし、話しかけてくる雰囲気もない。

夏の出来事を思い出し、背筋を震わせた。

いまでも忘れられない。近所のコンビニで見知らぬ男に無理やり手を摑まれたことを。あのときは拓也に間一髪のところで救われたが、今日はひとりだ。

怖気づいていないで、さっさと家に帰らねばと思うが、自宅を突き止められたらやっかいだ。どう巻こう、どう突き放そうと考えながら足早に歩き、表参道の交差点角にあるファッションビルに駆け込んでひと波に紛れてしまうことにした。

思ったとおり、店内は客で賑わっている。肩の荷物が重いのを堪えてちらりと振り返り、先ほどまで感じていた視線が遠ざかっていくのを感じながら男子トイレに入った。個室の中で十五分ほども過ごせば相手は蓮を見失い、諦めるだろう。

洋式トイレの扉を閉めて鍵をかけ、ショッパーを抱えて便座に腰掛けた。

いまからでも拓也に連絡したほうがいいだろうか。気にしすぎだろうか。

あれこれ考えを巡らせるものの、ひとり案じていても仕方ないと諦め、スマートフォンを取り出して拓也にＬＩＮＥを送った。電話しようかとも思ったのだが、個室でぼそぼそ話すのもなんだか決まり悪い。

『いま表参道交差点のファッションビルのトイレにいるんですが、なんとなく跡をつけられている気がしています。すみません、拓也さんも忙しいのに。予定より遅くなるかもしれないけどもう少しここでじっとしていて、なんとか帰ります』

じっと画面を見つめていると、既読マークがついた。

『迎えに行く。そこで待ってろ』
『大丈夫です。もう怪しい気配はないから。あと五分ほどしたらここを出てタクシーで帰ります』
『いいからそこでおとなしくしていろ。表参道交差点のファッションビルだな。車で迎えに行く』

やはり心配させてしまったと悔やむのと同時にほっともしていた。
拓也なら、きっとすぐに駆けつけてくれる。車で来てくれると言っていたから、連絡が来るまでここでおとなしくしていよう。

念のために慎一にも——そう思ったところで、こんこんと扉をノックされた。

この男子トイレには個室がひとつしかない。誰かが使いたいのだろう。出るかどうしようか悩んだ末に、外で待っているひとに申し訳ないと思い、「すみません」と立ち上がって扉を開けた。

「みーぃつけた」

そこにはにんまりと笑う男が立っていた。黒キャップに黒のTシャツ、ジーンズ。履き潰したくたくたのナイキのシューズ。

夏の夜、コンビニで待ち構えていた男だ。

その両目がぎらぎらと輝いていた。全身が総毛立つ。

「……ッ！」

素早く扉を引こうとするのと同時に、首筋に固いものが押し当てられ、ビリッとした衝撃が走る。

突然の電撃に崩れ落ち、ショッパーが床に散乱する。

意識を手放す寸前、男が低く笑うのが聞こえた。


鈍い痛みとともにゆっくりと泥沼から意識が這い上がっていく。

頭がガンガンする。二日酔いしたときよりもひどい頭痛に顔をしかめ、のろのろと瞼を開けば、ほこりっぽいコンクリートの床が視界に映る。

身動《みじろ》ぎしたが、手も足も動かない。どうやら両手両足を拘束されているようだ。がむしゃらに動かせばロープのような紐《ひも》が手首や足首に食い込んで痛い。

地面に転がされているのだと悟って大声を上げようとしたが、口の中に布が押し込まれており、それも叶わない。

じたばたともがいて忙しなく視線を動かせば、ジャリッと地面を踏む足音が近づいてきた。

「目、覚ましました？　起きました？　俺のこと覚えてます？」

しゃがみ込んだ若い男がうっとりするような目で見つめてくる。やっぱり、あの男だ。

「我慢できなくて、とうとう蓮さんのこと拉致《らち》っちゃった。だってしょうがないですよね？　拓也があなたのことSｕｂだなんて嘘つくから、こうするしかなくて」

「……っ、……」

「あー……蓮さんが俺を睨んでる……ぞくぞくする。やっぱ、あなたは俺の運命のDｏｍですよね。ねえ、コマンド出せます？　俺なんでもしますよ。舐めろって言ってくれます？　咥えろとかも言ってくれます？」

動けないのをいいことに、男は蓮の頬から首筋にかけてつうっと爪先で引っかいていく。その感触にぞっとし、強く瞼を閉じた。

拓也とぜんぜん違う。強引でも隠しきれない熱情が込められた拓也の指とはまったく違う。男の指は冷たくかさついていて、気味が悪いだけだ。

「素直にコマンド出してくれるなら話せるようにしてあげますよ。ね？　俺の言うこと聞いてくれます？」

男はジーンズの尻ポケットから折りたたみナイフを取り出し、慣れた仕草でぱちんと開く。そして鋭くなめらかな刃を蓮の頬にあてがい、「ね？」と首を傾《かし》げてにっこり笑う。

極めつきのストーカーだ。

蓮に一方的に惚れ込み、Ｄｏｍとして振る舞わせたいのだろう。

だけど、自分はＤｏｍではない。Ｓｕｂだ。コマンドなど出せるはずもない。

しかしそれがバレれば逆上のあまり殺されるのではないか。

背後で縛られた手のひらにじっとりと汗が浮かぶ。

怖い、怖い怖い怖い。男がなにをさせたがっているのかは一目瞭然だ。蓮にコマンドを出させて、淫靡な時間に耽《ふけ》ろうというのだろう。

男の背後にはクロスが剝がれかけた壁が見えた。古ぼけた椅子やテーブルも。どこかの雑居ビルの一室だろうか。ひとけは感じられない。

室内は薄ぼんやりしていて、灯りも点かないようだ。

こんなところで見知らぬ男に無理やり言うことを聞かされるのか。——犯されるのか。

薄いナイフの刃が頸動脈《けいどうみゃく》を辿っていくことに背筋を震わせたものの、満足に声すら上げられなかった。

力いっぱい抗うか、それとも唯々諾々《いいだくだく》と従うか。

煩悶《はんもん》している間に男が口の中に詰め込まれていた布を取り去ったので、反射的に思いきり男の指に嚙みついてやった。

「……って……！　やだなあもう、蓮さん、可愛い顔してやること怖いな。俺、やさしくしてあげてるのに」

「放せ！」

「んーん、だめ。もっと熱を込めてコマンド出してくれないと」

Ｓｕｂなのだから、コマンドまがいのものを出しても効くわけがない。男がナイフでシャツのボタンをブツブツと抉り取り、蓮を裸にしていく。半裸の状態にさせられて気が狂ったように身体を跳ねさせたが、ぐっと両肩を押さえ付けられ、のしかかられた。

「ほら、言って。俺はあなただけのＳｕｂだよ。なんでも言うこと聞くから」

にたにたと笑いながら、折りたたみナイフをちらつかせる男の言うことなんか信じられるものか。ぎらりと男を睨み据え、「僕は――」とようよう口を開いた。

「僕はＤｏｍじゃない。Ｓｕｂなんだ」

「嘘ばーっかり。拓也になに吹き込まれたの？　Ｄｏｍとして人気が出すぎたから第二性を偽ることにしたの？　だめだよ、俺は騙されないよ。いつも配信してるとき、画面越しに俺に話しかけてくれたじゃん。あのやさしい声で言ってよ、『舐めろ《スリック》』って。『跪け《ニール》』って」

「僕はＳｕｂだ！　コマンドなんか出せない！」

「またまたぁ」

狂的な光が男の目に宿っている。次第に苛々してきたのか、ナイフをくるりくるりと回し、蓮の胸にすべらせてくる。

「往生際悪いＤｏｍだなあ。ひと言コマンド出せばいいだけなのに。なんで出し惜しみするの？　そんなんじゃ俺――」

次に起こった出来事はまるでスローモーションのようだった。

しかし、実際は一瞬のうちのことだったのだろう。

遠くで扉を力任せに開く音に男が弾かれたように身体を起こし、蓮から離れた直後、大きな影が部屋に飛び込んできて男に体当たりして弾き飛ばす。

「てめえ、懲りずに蓮を拉致ったな。こいつは俺だけのＳｕｂだと言っただろうが」

「拓也さん……！」

ナイフを構えてよろけながら立ち上がった男が形相を変えて拓也に飛びかかった。それをひょいと躱《かわ》し、男のうなじをぎっちりと摑んで正面を向かせた拓也がぶわりと熱を発する。

あまりに、あまりにも強いグレアだ。

「……ッ……！」

「あ、あ……っ！」

蓮すらも震えるほどの熱波は室内中を満たす。渾身《こんしん》のグレアをまともに浴びた男は大きく目を見開いたままだらんと手を下ろし、ナイフを落とした。それを爪先で蹴った拓也が男の目の奥までのぞき込み、「二度と近づくな」と命じる。

「……ひ……っ」

「いいか、二度と蓮に近づくな。次があったらこれじゃすまないぞ」

強烈なグレアに耐えきれなかった男が白目を剝《む》いてかくりとうなだれ、くたくたと床に倒れ込んだ。

「ふん、これぐらいで失神する野郎が蓮を攫えると思うなよ」

男の脇腹を軽く蹴り、ナイフを拾い上げた拓也が近づいてきて、手足の拘束を解いてくれる。

そうしてがたがた震える蓮を強く強く抱き締め、「……死ぬかと思った」と荒い息の中で呟いた。

痺れた手で彼の背中を抱き締めれば、熱く汗ばんでいる。彼も必死だったのだ。

「拓也さん……よく、ここがわかりましたね……」

「おまえのスマートフォンのGPSを追ってきた。こんなこともあるんじゃないかと思って、前もって探知アプリを仕込んどいたんだ。怒るなよ。……それにしても表参道にもこんな廃墟ビルがあるんだな。……立てるか？」

「立て、ます」

そうは言ったものの、まだ恐怖と安堵がごちゃごちゃしていて膝に力が入らない。拓也の腰にすがろうとすると、ふっと笑った彼がかがんで軽々と蓮を抱き上げる。

「拓也……さん」

「外に慎一が車を停めてる。早く行こう」

「この、男は……」

「あとで警察に電話しておくさ」

そう言った拓也の首にしっかり抱きつき、蓮は顔を擦り付けた。

ここが世界で一番安心できる場所だ。もう、二度と離れたくない。

「一発逆転だったたな」

いつもの調子を取り戻した拓也が不敵に笑っていた。外では、慎一がクラクションを鳴らしている。

第九章

「蓮くん、どう？　すこしは落ち着いた？　なにか呑もうか」

「……じゃあ、ビールでも」

「わかった、待ってろ。腹は空いてるか？　空きっ腹にアルコールはよくない。なにか入れたほうがいい」

「クラッカーにチーズでも載せようか」

「お願いします」

　無事に拓也の部屋へと連れ帰ってもらったあと、蓮は汗ばんだ身体を熱いシャワーで徹底的に洗い流した。いつもの拓也の香りが、尖っていた神経をすこしずつなだめてくれる。

　拓也が洗いたてのルームウェアと新品の下着を用意してくれていたので、ありがたく借りることにした。タオルで濡れた髪を拭きながらリビングに足を運べば、ソファに座っていたふたりがかいがいしく世話を焼いてくれる。

ソファに三人並んで座り、皿に盛られたクラッカーをぱりっと囓る。豊かなチーズの風味にほっとし、ビールをひと口。ふは、と息を漏らせば、拓也が肩を抱き寄せてくれる。

慎一の前で甘えるのは恥ずかしかったが、安心する。

「拓也に連絡を入れてくれてほんとうによかったよ。危機一髪だったね」

目尻を下げた慎一が控えめにぽんぽんと膝を叩いてくる。

「ほんとうにありがとうございました。面倒事に巻き込んでしまって。おふたりがいなかったらどうなってたかわからなかった……。そういえば、拓也さんと慎一さんにハンカチを買ったんですけど、ビルのトイレに置いてきちゃったな。服もたぶんそのまま」

「また買い直せばいいさ。おまえが気に入って買った服も俺がプレゼントしてやる」

「なにより蓮くんの無事が一番だよ」

拓也たちもビールを呷り、深くため息をつく。

「君を神格化するＳｕｂがいたんだね。画面越しに恋する気持ちはわからないでもないけど、コマンドを出せと詰め寄られて困っただろう」

「ええ……グレアも発することができないし。――拓也さんのグレア、ほんとうにすごかったんですよ。僕でも気絶するかと思いました。本物のＤｏｍなんだなって実感しました」

「あのときはおまえを救うことしか頭になかったからな。加減なんてしてやれなかった」

部屋中を満たしたあの熱波《グレア》を思い出すと、いまでもちいさく身体が震える。

「俺のグレアだって結構すごいよ？」

冗談めかす慎一が、「ね」と蓮たちを振り返る。

「これからどうする？　俺としては、ぜひこの三人で『Ｄ．Ｄ．Ｄ』を続けていきたい。でも、蓮くんがほんとうはＳｕｂだってこと、動画で紹介したほうがいい？」

「どうする、蓮。おまえの気持ち次第だ」

ふたりに顔を向けられてビールが注がれたグラスを握る。

「悩ましいです……Ｄｏｍと偽っていままでどおり動画を続けていくのは、やっぱりためらいがあります。ほんとうはＳｕｂなんだし。視聴者さんを騙すことになるのは……」

そこで息を吐き、拓也と慎一を交互に見た。

「もし、おふたりさえよければ、次の動画で僕はＳｕｂだということを明かしてもいいですか？『Ｄ．Ｄ．Ｄ』ってグループ名も変えなきゃだめかな」

「Ｄｏｍが三人集まったから『Ｄ．Ｄ．Ｄ』って名前にしたけど、ほんとうはべつの意味もある」

腕を組んで自信ありげな拓也が胸を反らすことに興味を覚えて、「なんですか」と訊いてみた。

すると拓也は綺麗なウインクをひとつ。ぱちんと音がしそうな見事なウインクだ。

「『大好き・大好き・大好き』で『D．D．D』だ」

思わぬ言葉に一瞬呆気《あっけ》に取られ、次には慎一とそろって声を上げて笑ってしまった。

「大好き、大好き、大好き、なんですね」

「いいね、拓也らしいアイデアだ」

「だろ？　俺は蓮のことも慎一のことも好きだ。そして視聴者も。大好きって三回も言われれば視聴者も納得するだろ。大丈夫だ、任せておけ。俺と蓮と慎一の三人で、これからも俺たちの『大好き』を視聴者に届けていこうぜ」

「ふふ、前向きでいいですね。賛成です」

「俺も。これからもいっぱい俺たちの『大好き』を見つけて、みんなに届けていこう」

くすんでいたこころが晴れやかになっていくようだった。拓也も、慎一もベストパートナーだ。この三人なら、予想外の「大好き」をたくさん見つけていくことができそうだ。

「なら、俺はちょっと出かけてくるよ。今夜は外泊する。ひとりで今後の企画を練ってきたいし、動画も回してくるよ。気になってたいいホテルが日本橋《にほんばし》にあるんだ。ふたりでごゆっくり」

意味深に片目をつむって慎一が立ち上がる。ふたりで過ごせ、ということなのだろう。拓也が肩を強く抱き寄せてくることに頬が火照ったが、離れたくない。

「いろいろありがとな、慎一」

「なんのなんの。じゃ、また明日」

「いってらっしゃい」

拓也とふたりで慎一を送り出し、しばし玄関先で無言になる。

先に手を繋いできたのは拓也だ。指先をしっかり絡み合わせられて、谷間を軽くくすぐられる。

それだけでじわりと欲情が滲み出してしまうのが恥ずかしい。

「蓮、来い」

彼の甘い囁きに脳髄が痺れる。こくりと頷いて、一緒にベッドルームへと入った。

まだ完全に夜になったわけではない。だけど、これから淫らな時間が訪れようとしている。シャワーで肌を清めておいてよかった。ともにベッドの縁に腰掛け、握り合った手はそのまま。しんとした静けさに耐えきれず、「あの……」と呟く。

「……今日は、最後までする、……んですか」

「ああ。おまえを抱く」

「でも、この間は……」

最後までしてもらえなかった夏の日を思い出してうつむく。また、寸前で醒《さ》めさせてしまわないだろうか。すると頭を抱き寄せられ、顔をのぞき込まれた。

「この間は俺が強引すぎておまえにつらい思いをさせそうだったんだ。おまえのことになると頭に血が上る。ひと目惚れなんだよ」

「拓也さんが、僕に？」

「ああ。以前、『おまえはＳｕｂだ』というＤＭを送ったのは俺だ。これでも鼻が利くほうなんだ。おまえがほんとうはＤｏｍではなくて、Ｓｕｂだということは動画を観てすぐにわかった。だけど、おまえはＤｏｍとして振る舞っていた。そこがたまらなく心配で、どうにかしてそばに置いておきたくて『Ｄ．Ｄ．Ｄ』に誘った。他の奴らがおまえに手を出す前にな」

「僕、今度実家に帰って訊いてみます。幼い頃に主治医にＤｏｍとしての暗示をかけられたんじゃないかって」

「そうだな……そのときは俺もついていく。蓮、コマンドを出していいか」

「どんなことでも」

「こころからおまえが好きだ。――俺を愛してくれ」

「拓也さん……」

「正式なパートナーの証しとしてこれをおまえに贈りたい」

どこに隠し持っていたのだろう。長細い箱を取り出した拓也が蓋を開け、銀色の細い首輪を首に嵌めてくれる。プラチナだろう。きらきらした輝きが目にもまばゆい。

「これ……」

「カラーだ。これでおまえは俺だけのＳｕｂになる。いいか？」

真剣な表情の拓也が涙でぼやける。思わず彼の胸にすがりつき、頭をぐりぐりと押し付けた。

「そんなの、コマンドじゃなくても……もうずっと大好きです。気づいてなかったんですか」

「気づいてた。だから、大事にしようと思った」

そっと囁いて、拓也がくちびるを重ねてくる。

やさしく吸い取られ、すがるように彼の背中に手を回した。くちゅりと舌先を絡めて舐り、たっぷりとした唾液を伝え合う。

「ん――ん……っ」

こくりと飲み干すと拓也に喉元を指でくすぐられ、背筋がぞくぞくしてくる。

「おまえの声をたくさん聞かせてくれ」

目力を込めて、拓也が耳元で囁いてきた。


「あ、ぁ……ったく、やさ……っん……！」

さっきからずっと胸の尖りを舐めしゃぶられ、頭がおかしくなりそうだ。散々弄り回された乳首は真っ赤にツンとそそり勃ち、淫靡に艶めいている。灯りを消して、と何度も頼んだのだが、拓也はいたずらっぽく笑い、ベッド脇に立つフロアライトを点けっぱなしにしていた。光量は絞ってあるものの、淫らな身体がくねるのを全部見られているのかと思うと羞恥心がこみ上げてくる。

もう何度も触れられ、激しいコマンドも出されたが、今夜の拓也は蓮をたっぷりと甘やかすことにしたようだ。

「乳首が気持ちいいのか？」

「……ん……」

「舐めるのと囓るのと、どっちがいいんだ」

「う……」

「答えないとやめるぞ」

「だ、だ、め……やめちゃ……やだ……っ」

甘やかな刺激を与え続けられた乳首はずきずきし、もっと強く噛んでほしがっている。

「ほら、言えよ。望みどおりにしてやる」

意地悪く囁かれてカリッと乳首を爪先で抉られ、我慢できなかった。

「か、……かん、で……」

「噛むのがいいのか？」

「うん、ん、ぁ、あぁ……っ！」

ぎゅっと根元を噛み締められ、びくんと身体が跳ねる。痛みと快感がどろどろに混ざり合って、蓮をいいように振り回す。いい、すごくいい。やさしく舐められるのも気持ちいいけれど、前歯で扱かれるとそのまま達してしまいそうだ。

いつの間にこんなに感じやすくなっていたのだろう。

――ずっと待ってた。ずっと、このときを。

圧倒的なグレアを感じながらコマンドを受け入れ続けたことで、Ｓｕｂとして開花していったのだろう。

ちゅくちゅくと嚙られた乳首は淫らにぽってりと腫《は》れ上がり、妖《あや》しく色づく。ひと差し指の腹で押し潰され、揉み込まれ、生意気に尖ってしまう。思う存分そこを舐めしゃぶった拓也は下肢にも手を伸ばしてきて、ガチガチに勃起した肉竿をゆるく扱き始めた。そこはもう先端からとろとろと愛蜜をこぼしていて、ジェルローションの必要がないぐらいだ。

くびれをぐるりと指でなぞられ、快感に啜り泣いていると、がっしりと腰を摑まれ身体の位置を変えられた。

「え、……え？」

拓也にまたがり、尻を彼のほうに向けるような格好にぶわりと顔から火が出そうだ。

「なに、なに……拓也さん」

「お互い愛し合おうぜ」

「っあ、ん……」

互いに肌を晒しているから、隆々とそそり勃つ拓也の肉棒が目の前にある。淫猥に筋を浮き立たせるそれを見ているだけで、期待で喉の奥が鳴る。

「俺と同じことをしてみてくれ。そう、そうだ、ゆっくり握って根元から擦るんだ。いい子だな」

「んん、ん……」

どくどくと脈打つ肉棒の根元を支え、ぎこちなく扱きだす。あっという間に臍につきそうなほど反り返る拓也のそれに生唾を呑み込み、たまらずに舌先でぺろっと先端を舐めた。

背後では拓也も同じことをしている。敏感になりすぎた蓮のそこを握り締めてぐちゅぐちゅと舐めしゃぶり、先端から溢れる蜜を吸い出そうとしている。

「シックスナインも初めてか？」

「ん、うん……っあ、あ、だ、め……やぁ……っいい、そこ、あ……っ」

双玉をやわやわと揉み込まれながら肉茎をしゃぶられる愛撫は、初々しい身体には酷だ。

このままでは放ってしまう。彼の口の中でまたイってしまう。

だめだと尻を振って抗議したものの、それすらも媚態に映るようだ。

「一度イっておけ」

「ん、う、っあ、あ、あぁっ、だめ、イく……イっちゃ……！」

彼の太竿に夢中で頬擦りしながらどくんと身体を波立たせた。懸命にせき止めていた快感が弾け、拓也の口内を満たしていく。いや、いやだと泣きじゃくりながらも快楽の底は深い。肉茎を激しく扱かれて最後の一滴まで搾り取られ、がくがくと身体を震わせれば、握っていた男根がぐっと嵩を増す。

イったばかりで力が入らないが、愛撫を続けたい。震える舌で懸命に舐め取る間、拓也が尻たぶをかき分け、前もって用意していたのだろう、温めたジェルローションを手のひらにまぶして窄まりを探ってくる。

「ここを弄ってやったことを覚えてるか？」

「お、覚え、てる……っ」

「いい子だな。俺の指を嬉しそうに呑み込んでるぞ」

そのとおりだった。温かく濡れた指を二本まとめて挿入された狭い孔はくちくちと淫らな音を響かせ、熱く蠢く肉襞で食い締めてしまう。

「あ、あっ、そこ……！」

上向きに擦られたところで、蓮は背中を強くのけぞらせた。いま、指が当たったところがすごくいい。咥え込んだ指による快感をもっと深くしたくて無意識で尻を振ると、腰骨をぎっちり掴んだ彼が背後で起き上がり、蓮に覆い被さってくる。

「俺も我慢できない。——挿れるぞ」

「ん、ん、おねが、い、……おねがい、このままに、しない、で……っあ、あ、あ！」

ジェルローションでたっぷり解された窄まりに硬いものがあてがわれ、ぞくんと身体を震わせた瞬間、ぐうっと太竿が突き込んでくる。

「ッ、ぁ……！」

想像以上の衝撃に目眩《めまい》がする。抉られる、と言ったほうが正しい強い力に押され、四つん這いになった蓮はシーツに顔を擦り付け、身体を揺さぶられる。

ずくりと埋め込んでくる男根は熱く、素晴らしく硬かった。やわらかで繊細に潤う内部を穿《うが》ちながら、拓也は蓮の腰を掴んでぐっぐっと突き上げてくる。

蕩けた肉襞はやっと繋がれた嬉しさにねっとりと拓也に絡み付き、ぐちゅぐちゅと淫靡な音を響かせる。初めて受け入れた灼熱《しやくねつ》の楔《くさび》は奥までねじ挿ってきて、蓮を狂わせる。シーツをかきむしっても頭を振り乱しても逃げられなくて、荒い息を吐きながら衝撃を受け止める。

拓也も我慢に我慢を重ねていたのだろう。太竿で最奥までずんっと突いてきて、腹の底が熱い。媚びるように彼に纏い付くと、背後から耳たぶを噛んでくる拓也が、「いい締め付けだ」と褒めてくれた。

瞼の裏がちかっと光る。身体がふわふわし、もうなにも考えられない。

Ｓｕｂスペースに入ったのだ。

「たくや、さん……あぁ……っん……あ……あ……い、いい……」

「そうだ、気持ちいいな」

ゆったりと腰を遣ってくる拓也が奥の奥まで抉ってきて、亀頭をぐりぐりと擦り付ける。女だったら孕んでしまいそうな雄芯にうっとりし、やわやわと食い締める。

「……こら、抑えが効かないだろ」

「おさえ、なくて……いい、から……っぁ……あ、そこ、ん、んぁ、あっ」

ジェルを存分に塗り込められた窄まりがいやらしい音を立てて男を誘い込む。

何度も軽く達し、ぶるぶる震える内腿が頽《くずお》れそうだった。すると拓也はいったん身体を引き、今度は力の入らない蓮を正面から膝の上に抱き上げ、ズクリと下から突き込んでくる。

「ア……――！」

さっきよりもずっと深いところまで挿ってくる拓也が真っ赤な胸の尖りを弄り回し、激しく突き上げてきた。彼の首に手を回す蓮は揺さぶられ、よりねっちりと彼に絡み付く。

荒々しくくちびるを貪られ、舌をきつく吸い上げられた。蓮も懸命に応え、とろりと唾液を交わす。

「いい、すごく、いい……っまた、イっちゃう、おねがい、イかせて……！」

「ああ、俺も一緒だ」

額に汗を滲ませる彼が愛おしくてくちびるを吸い合いながら高みへと昇り詰めていく。彼のごりっとした硬いものを最奥に感じて、絶頂感が鮮やかに弾けた。

「あ、あ、イく、イく……！」

「っ……！」

息を詰めた拓也がどっと最奥に放ってくる。どろどろと熱い欲情に蕩かされてしまいそうだ。放埒《ほうらつ》な射精に肉襞の隅々まで濡らされ、受け止めきれない残滓《ざんし》が尻たぶから伝い落ちていく。

「は……あ……っ……あ……っ」

「最高だ、蓮。やっぱりおまえは俺だけのＳｕｂだ」

髪や顔にキスを降らせてくる拓也の息が弾んでいる。その逞しい腰を両腿で締め付けると、組み敷かれた。中の充溢は硬いままだ。

「もう一度だ、蓮。もう一度食わせろ」

「……ん」

何度でも。何度でもこの身体を彼にあげたい。

ゆるく腰を遣い始める彼に微笑んだ。

「……大好き」

「それはこっちの台詞だ。愛してる、蓮」

再びシーツに皺を刻むほどの律動が始まって、蓮は彼の広い背中にしがみついた。

どこまでも呑み込まれていきそうな深い快感が、ふたりを待っていた。

終章

「――というわけで、僕はＤｏｍではなく、Ｓｕｂでした。皆さん、いままで黙っていてすみません。僕自身、自覚したのがつい最近なので」

「これを観てるみんなの中にもＳｕｂは多いと思う。Ｓｕｂならではの喜びや悩みを今後どんどん聞かせてくれ。蓮が答えてくれるぞ」

「俺たちＤｏｍはＳｕｂを支えるべき存在だから、これからも三人で仲よくやっていくよ。よろしくお願いします」

三人で頭を下げると、コメント欄がわっと雪崩《なだれ》を起こす。今夜は新生『Ｄ．Ｄ．Ｄ』としてのライブ配信だった。最近の出来事を話し合った最後に、蓮は第二性がＳｕｂであることを明かした。視聴者は一様に驚いたものの、『なんとなくそうかなと思ってた～』『蓮くんがＤｏｍでもＳ ｕｂでも大好き！』『Ｓｕｂのお手本として応援してます』と好意的なコメントが続き、安堵のあまりほっと息を漏らしたぐらいだ。

「ありがとう、また観てくれよな」

「またお会いしましょう」

「バイバイ！」

手を振って、配信終了のスイッチを押し、三人で顔を見合わせて微笑んだ。そして、景気よくハイタッチをする。

「やったな、大成功だ！」

「『大好き・大好き・大好き』と発表したとき、めちゃくちゃウケてましたよね。よかったぁ……」

「みんなに俺たちの気持ちが伝わったんだよ。ほんとよかった」

十一月の初旬。土曜の夜に慎一の部屋で無事生配信を終え、早速慎一が「なにか呑む？」と立ち上がる。

「美味しい白ワインを冷やしてあるんだ。乾杯しないか？」

「いいな。そうしよう」

「なにかおつまみ作りましょうか」

「ふふふ、もうそっちも仕込んであるんだ。ホタテとかいわれの塩こんぶ漬け。白ワインに合うと思うよ」

「さすが、慎一さん」

タッパーから綺麗な皿に盛りつけたホタテにかいわれを載せた一品を蓮がローテーブルに運び、拓也が白ワインの栓を開け、三つのグラスに注いでいく。

拓也と結ばれてから、さまざまなことがあった。

今夜の生配信もそうだが、蓮は拓也を伴い、実家に挨拶に行ったのだ。久しぶりに顔を合わせた両親は美味しいと評判のゼリーの差し入れに喜びつつも、『僕、ほんとうはSubだったんですよね』という蓮の言葉に大層驚いていた。

『あなただけがSubで、肩身の狭い思いをさせたくなかったのよ』

『悪気はなかった。だから主治医に相談して、おまえがDomとして生きていけるよう暗示をかけてもらっていたんだ。……それが解けたんだな、拓也くんのおかげで』

すまなかった、と頭を下げた父親に、蓮は笑顔を見せた。

そんなに気にしないでほしい。両親は両親なりに蓮の未来を考えてできるかぎりのことをしようとしてくれていたのだ。それを拓也が暴いてくれたことで、いまでは晴れやかな気分だ。

『これからは拓也さんと慎一さんとともに活動していきます。また遊びに来るから、ふたりとも身体に気をつけて』

そう言うと、母親は微笑みながらも涙を滲ませ、何度も頷いていた。父親も同じく。

「蓮の親、いいひとたちだったよな。俺が蓮の恋人で、正式なパートナーになるってことも認めてくれた」

「ふたりともおめでとう。そのうち、カップルチャンネルをやってみるのもいいんじゃないのか?」

「男ふたりで? 物議を醸《かも》さないかどうか心配ですけど……でも、僕たちと同じようなひとがもしいるなら、勇気づけてあげたいですよね」

「ああ。目いっぱいいちゃついてやろうぜ。ん、慎一、このホタテぷりぷりだ。めちゃくちゃ美味い」

「サンキュ。簡単に作れて味も最高なんだよね」

三人でホタテをぱくつき、白ワインで喉を潤す。

「俺たちばっかしあわせになるのはもったいないから、今度慎一のパートナー探しの回でもやるか」

「えー、それこそ大騒ぎになりそうだよ。俺なんかのパートナーになりたいSubっていてくれるのかな」

「絶対にいますよ。慎一さんのやさしい人柄に惹かれてるひと多いですもん」

「ほんと？　でも、運命のパートナーはできれば日常の生活で出会いたいな。俺の手料理を喜んで食べてくれて、他愛ないお喋りにつき合ってくれる相手」

くすくす笑う慎一だったら、そう遠くない未来に、『このひとが俺のパートナーなんだ』と素敵なひとを紹介してくれそうだ。

拓也とおそろいの指輪が右手の薬指に嵌まっているのを確かめ、蓮は微笑む。彼のパートナーである証しのカラーも毎日かならずつけているが、それとはべつに、恋人同士として贈られたこの指輪も嬉しい。

「嬉しそうな顔してるな、蓮」

機嫌のいい拓也がちゅっと頬にキスしてきた瞬間を、慎一がスマートフォンでかしゃり。

「記念の一枚だ。カップルチャンネルができたら絶対に載せよう」

「だ、だめです、恥ずかしい」

写真を消去しようとして慎一のスマートフォンを取り上げようと手を伸ばすが、背後から拓也が抱き締めてきてますます頬擦りしてくる。その間もカメラのシャッター音が鳴り響き、とんでもなく照れくさい。

「もう、ふたりとも意地悪ですよ」

「しょうがないだろ、おまえが可愛いんだから」

「そうだよ、蓮くんがうぶな反応を見せるのがいけない」

からかわれて頬が熱いが、これからもこの三人でやっていけるのだと思うとやっぱり嬉しい。

「新しい『D．D．D』、盛り上げていきましょうね。僕、頑張ります」

「もちろんだ。クリスマスも目いっぱい室内を飾りつけてライブ配信しようぜ」

「街中に繰り出してレストランで美味しいディナーを食べるってのも絵になるかも」

賑やかに話しながらワイングラスを傾ける。

「もう一回乾杯しませんか？」

「オーケー」

「いいね」

三人のグラスにワインを再び注ぎ、グラスの縁を触れ合わせる。

「乾杯！」

そろってグラス越しに微笑む。そこにあるのは、確かな絆と愛情だ。

喉をすべり落ちる涼やかな甘さ。ボトルにはまだ半分以上残っている。

これを呑みきるまで、今夜は声が嗄れたっていい、どこまでも話し、夢を語らおう。

甘やかしDomの艶やかな夜

CROSS NOVELS

『お風呂が沸きました』

「拓也《たくや》さん、お風呂沸いたみたいですよ。そろそろ入ったら？」

「んー、あともうちょっと」

「同じ台詞を二時間前から何度も聞いてますよ。今日はずっと作業しっぱなしじゃないですか。動画のストック、結構あるんですから休めるときに休んでください」

彼の背後に立つと、くすりと笑う拓也が頭のうしろで手を組み、振り返る。

「『休んで』ってコマンド出してくれたら休んでやるよ」

「もう、すぐそう言うんですから」

Ｓｕｂである蓮《れん》がコマンドを出せるはずがないとわかっていて、拓也はたまにこうしてからかうのだ。もちろん、そこに侮蔑《ぶべつ》はみじんもない。蓮がＳｕｂだと自覚してからは、一層その切れ長のまなざしがやわらかくなることが多くなった。

「来い、蓮」

「なんですか」

椅子に座ったまま両腕を広げる彼の前に立てば、ぎゅっと抱き締められて腹のあたりにぐりぐりと頭を擦り付けられる。

「あー……さすがに目がつらい。疲れた」

「ぶっ通しで作業してましたもんね。お風呂でゆっくりしてきてください。その間に僕、なにか作りますから」

きらきらしたアッシュブロンドの髪をやさしく梳きながら囁く。拓也はじっとしたままだ。

こうしていると、まるで大型犬を慰撫しているみたいだ。

誰よりも圧倒的なグレアを放つ逞しい男が、自分だけには甘えた顔を見せる。それが蓮の恋ごころをくすぐるから、ことさらそっと髪を撫でてやった。

抱きついたまま、拓也が見上げてくる。

「一緒に入ろう」

「……お風呂に？」

「そうだ。広いバスルームだし、一緒に入れるだろ。そうしよう」

「ちょ、待って、拓也さんってば」

立ち上がるなり、拓也はぐいぐいと手を引っ張ってくる。こうなったらもう彼の術中だ。恋人同士になってから毎日のように抱き合っているけれど、風呂に一緒に入ったことはない。

煌々《こうこう》と明るいライトが点くバスルームですべてを晒すのかと思うだけで頬が熱くなる。なんとか回避できないものか。

「背中だけ流してあげますから」

「……だったら、頭も洗ってあげますから。ね？」

「往生際が悪いぞ、蓮。ちゃんとお互い裸になって入るんだ。……なんだ、いまさら恥ずかしいのか」

「当たり前です……！　は、裸になるのは……ベッドだけだと思うし……」

「そんな可愛いことを言うと」

　サニタリールームで向き合う形になった拓也が腕を組んで睥睨してくる。

「脱《ストリップ》げ」

「……ッ」

　ずるい、こんなときにコマンドを出すなんて。おまけに全身から強いグレアを発せられて、頭の芯がくらくらしてくる。

　肌の内側から炙られるように熱い。すこしもじっとしていられなくて身をよじると、「蓮」とやさしく悪辣《あくらつ》な声が響く。

「脱ぐんだ、俺の見ている前で、できるだけいやらしく」

「……たくや、さん……」

　いや、とちいさく呟いたけれど、身体は勝手に動いてしまう。まともに立っていられず、サニタリールームの壁に背を押し付けてうつむく。きっと、首筋まで真っ赤になっているだろう。耳たぶも、頬も、くちびるも。足りない酸素を求めるように喘ぐ様が、彼を求めているみたいで我ながら浅ましい。

「身体をくねらせてストリップするんだ」

「ん……っ」

意地の悪いコマンドに逆らえず、震えながら上目遣いでシャツのボタンに手をかける。

ボタンを外すなんてなんでもないことだ。寝る前に服を脱ぐのと一緒だと思えばいいのに、『できるだけいやらしく』という低い声が脳内に染み渡っている。

はぁ、と艶めかしい吐息を漏らし、焦れったくボタンを外していった。震える指で一つ目、二つ目、三つ目。ジーンズからシャツの裾を引き出し、四つ目を外そうとしながらまたも拓也を見つめる。助けて、あなたがして、どうにかして。そう言いたいが、どれも言葉にならず、熱っぽい息を吐きながら無意識に腰を突き出した。

「ん……は……っ……」

汗でぬるりと指がすべってうまくボタンがつまめない。かすかに開いた胸元が早くもうっすらと湿っていた。

「はず、せない……」

「どうして？」

「ボタン、つまめなくて……」

「だったら俺が外してやるから、おまえは自分で乳首をつまんで俺に見せつけろ」

「……ん……ッ！」

至近距離に近づいてきた拓也が四つ目のボタンを外す。その間も強い視線を絡ませながら、蓮の次の行動を待っている。

見られている。すべて。しっとりと汗ばむ肌も、触れられる前からツンと尖った乳首がシャツを押し上げるのも。

「……もう……っ」

かぶりを振りながら、おそるおそる両の尖りを根元からつまんでひねり上げた。途端にびりっと甘い痺れが走り抜ける。

「く……ッ！」

自分で弄っているのに、凄まじい快感がこみ上げてきていまにも崩れ落ちそうだ。

「あ、っ、は、ぁっ、あ……」

「もう真っ赤だな。やらしくて最高だ。なにもかも俺好みだ、蓮。いいところを自分で探してみろ」

「う、ん……っ」

意識には靄がかかり、拓也の命令しか受け付けない。乳首を捏ねたり、押し潰したりするたびにぞくぞくするほどの快楽に襲われて、腰裏がじわんと熱くなる。

「見せてみろ《プレゼント》」

「は、い……」

はだけたシャツの間から、真っ赤に染まった尖りを指で括《くび》り出す。そこに拓也がふうっと息を吹きかけてきた瞬間、達してしまいそうになって思わず膝をついた。

「も、……もう、……いじわる、しないで……」

「意地悪？　してないだろ。俺はおまえが悦ぶコマンドを出しているだけだ。蓮、俺のジッパーを下ろせ」

「……ッ……」

なにを求められているのか。ただ脱がせばいいのか。

混乱しながら、はしたない格好で彼の腰にすがりつき、ちいさな金属のつまみを引き下ろす。硬く、大きなものを収めているだけに、ところどころジッパーが引っかかって素直に下りてくれない。それでもなんとか実行すると、ぐんと盛り上がったボクサーパンツが見える。噎《む》せ返るような雄の匂いを胸いっぱいに吸い込んだせいで、どうしたって目が潤む。

「咥《スリック》えるんだ、蓮」

「……ここ、で?」

「そうだ」

仁王立《におうだ》ちしている男の腰にぶるぶるしがみつき、見上げる。自分がどんな顔をしているか、知らない、わからない。

「いつも俺がしてやっているようにすればいい。そのちいさな口で俺を咥えるんだ」

「……ん……」

朦朧とする意識でボクサーパンツごとジーンズを引き下ろし、ぶるっと跳ね出る雄をこわごわと撫でさする。ずっしりと重たいそれは太い筋が脈打っていて、見ているだけで喉が渇く。

ごくりと唾を呑み、蓮は赤い舌をくねり出した。

「……ん、……ン……っ」

ちろ、ちろ、と亀頭を舌先で舐め回しているうちに、滲み出す先走りを味わいたくなってくる。とろりと垂れ落ちそうなそれを啜り込み、思いきって、くぷ、と亀頭を咥え込んだ。

「……そうだ。上手だな。歯は立てるなよ。舌で先端をくるみ込んで、くびれまでねっちり扱くんだ。そう、……そうだ、いい子だ」

「ん――……ふ……ぅ……っ」

「竿をしゃぶってみろ。アイスキャンディを舐めるみたいに舌を大きくのぞかせてペロペロしてみろ。……可愛いな蓮。目が潤んでるぞ。筋を舌先で辿ってみろ」

「ん、ンぅ」

命じられるままに夢中でしゃぶり、太い筋を舌で追う。びくりと太くなる筋の根元には熱を込めた陰嚢が濃い繁みに隠れていた。息を荒らげ、そこも舌で辿っていく。蜜がいっぱい詰まった袋を片方ずつ口に含んでねっとりと舐り転がし、ぎこちない手つきで太竿を扱く。

「すごくいい……いまにもおまえの口に出しちまいそうだ」

「ん、は、っ、たく、や……さ……っ」

両手で頭を摑まれ、揺さぶられた。前へうしろへ。じゅぷじゅぷと淫らな音が頭の中で響く。喉奥を突かれて苦しいけれど、蓮も引き下がれない。なんとか彼の命に添い遂げたい。この身体のどこを使ってもいいから、感じてほしい。

「——出すぞ」

「ん、ン、ン、……ッ……!」

口いっぱいに頰張らされて激しく頭を揺すられ、咳き込みそうになったのと同時に熱杭が口の中からずるりと抜け出て、次の瞬間にはぱっと顔中に熱が飛び散った。

「あっ……あ……っ」

どろりとした白濁で顔を濡らされ、茫然としてしまう。くちびるにまで伝う滴を無意識に舐め取った。どろどろに顔を汚されたのだと頭のうしろでぼんやり思うものの、怒りは湧いてこない。それどころか、顎を、胸を伝い落ちていく精液をべたべたと身体中に擦り付けたくなる。

「はは、あまりにもおまえが可愛くしゃぶるから顔射しちまった。いい顔になったな。洗ってやるから来い」

力の入らない蓮から衣服を剝ぎ取った拓也がバスルームに入り、熱いシャワーを頭から浴びせかけてくる。そうして濡れた蓮の髪をぐいっとかき上げた。

「バスタブの縁に座って足を開け」

「え……あ、の……」

「剃ってやる」

楽しげな拓也はボディソープを両手で擦り合わせ、こんもりとした白いクリームのような泡を蓮の下肢に擦り付けてきた。

「ここ、すべすべにしてやるよ。そのほうが舐めやすいだろ？」

「……で、も……！」

「なんだ」

「……温泉とか、……銭湯とかで、はずかしい、です……」

「俺だけに見せる場所だろ？　それにな、恥ずかしがってるおまえが俺は最高に好きなんだよ」

その言葉に胸を鷲摑みにされ、身体から余計な力が抜けていく。

「だいたい、顔が知れてるのにひとりで銭湯なんか行かせるかよ」

そう言って、拓也はT字剃刀《かみそり》を手にする。蓮の淡い下生えに泡を広げ、つうっと剃刀を下ろしていった。ちりちりと引っ張られる感触がする。それすら甘い刺激になって蓮を苛む。ひと筋、またひと筋、クリームが削ぎ落とされていく。もともとあまり濃いほうではない。数分もしないうちに「できた」と拓也が呟き、ざあっとシャワーをそこに当ててきた。

「……あ……！」

「見てみろ。子どもみたいだ。なのに勃起してる」

拓也の言うとおりだった。ほんのり赤らんだ肌からは邪魔なものが消え失せ、つるんと果実のような性器が根元からそそり勃っている。

「これでいい。ほら、風呂に入ろう」

「ん、は、はい」

ふらつく手を取られ、湯を張ったバスタブに足を踏み入れた。彼に背中から抱き締められる格好で浸かり、もじもじと腰を揺らす。

「あの……当たってます」

「だろ？　当ててんだよ」

「さっきイったばかり……」

「おまえを抱いてて勃たない男がいるか？　いたとしたら世界一の不能だろ。悪いが俺はおまえには手加減しないたちなんでな。——とことん可愛がってやる」

くりっと絶妙な力加減で乳首をひねられて、掠れた喘ぎがほとばしった。

「な……っ急に……いじわるい……！」

「意地悪な俺が好きだろ」

親指で捏ねられる尖りがじんじんして気持ちいい。ぎゅうっと押し潰され、ぱっと離されるのが物足りない。もっともっと弄ってほしくなる。

「たくや——さん……」

「こっちを向《ルック》け」

低く飢えたコマンドに抗えず、ふらふらと湯の中で立ち上がり、彼のほうを向く。

「腰を近づけろ」

「……ん……」

じりっと近づけば腰骨を摑まれ、ひくんとしなる性器が拓也のくちびるに当たる。

「いい眺めだな。そのまま咥えさせてくれ」

「や……」

「嫌じゃないだろ。咥えてほしいくせに。ほら、もっと近づけ。あーん」

「……もう……っ！」

壁にすがり、誘われるままに色っぽいくちびるの中に己を押し込んだ。じゅるっと吸い上げられて壁をかきむしるほどに感じてしまう。亀頭の割れ目をちろちろと嬲られて、苦しいほどに気持ちいい。敏感な場所をすべて知っている拓也にはなにも隠せず、我を忘れて腰を振りたくなる。

「いいぜ、動きたいように動けよ。全部舐めてやる」

胸の裡を悟ったかのように拓也が笑い、裏筋を舌先で丁寧に辿る。すべすべになったそこは以前よりも過敏になったようで、双玉を舌でつつかれるとたまらなくなる。

「だめ、……っだめ、イっちゃう、から……」

「出せ」

「んんっ、ん、ん――う……あ……あ……あ……っ！」

摑まれた腰を前後に揺さぶられ、拓也の口を性器みたいに扱うのは恥ずかしくて申し訳ないのに、高みに昇り詰めてしまい、どくんと放った。身体が大きく波打ち、出しても出してもまだ飢えている。射精している間から拓也にうしろを弄られているせいだ。濡れた指で孔をくちくち広げられ、ぬるりともぐり込んでくる。

火照った肉襞を擦られると怖いほどに感度が鋭くなる。

して、ほしい。奥に来てほしい。指だけじゃ嫌だ。苦しくてもいいから、もっと強く激しい衝動が欲しい。

「……っし、て……」

しゃがみ込みそうな蓮を支え、立ち上がった拓也が背後から反り返ったものをあてがう。毎日愛されているせいで、剛直が押し当てられた途端、そこが拓也に甘く吸い付いてしまう。

「蓮、いいか？」

「……ん……っ」

こくこく頷くなり、ぐうっと強いものが押し挿ってきて軽く達した。背筋がびりびり痺れるほどの絶頂感に酔いしれながら、ざらつく壁に必死にすがる。

「あ、あ、っふか、い……っ」

「だろ？　おまえの中……すごく熱い。ねっとり吸い付いてきて持っていかれそうだ」

容赦なく突いてくる男から逃げれられない、逃げたくない。

媚肉を抉られ、張った亀頭をぐりぐりと最奥に擦り付けられた。それだけで孕んでしまいそうだ。立ったまましろから突き込まれて、ひっきりなしに喘いだ。

「いいな、蓮。……おまえも気持ちいいか？」

「いい、すごく……っあ、あ、そこ、もっと、もっとして……ぐちゃぐちゃにして……っ」

「ふふっ、おまえのコマンドには逆らえないな」

冗談っぽく言われ、耳たぶを甘く噛まれた。

「出すぞ」

「……ッ」

期待でぶるりと震えたときだった。

「――愛してる」

「あ……！」

耳元で囁かれ、最奥に欲望を叩き付けられるのと同時に蓮も昇り詰めていた。収縮する襞が男の精を嬉しげに呑み込み、それでも多すぎて尻の狭間からとろりとこぼれ落ちていく。

「あ……あっ……は……ぁ……っ」

しゃくり上げながら肩越しに振り返ると、くちびるを甘く吸い取られる。

「もっとイかせてやろうか」

「ま、まだ……？」

くすくす笑う拓也に抱き締められて、きゅうっと締め付けてしまう。

「何度でもイきたい身体だ。おまえの中を俺だけで満たしてやりたい」

「もう……とっくになってます」

「だよな。なあ、蓮。次のコマンドだ」

「……はい」

中で雄がむくりと嵩を増した。

「俺を愛し続けろ」

「そんなの、命じられなくたって……大好き」

髪を梳いてくれる指がやさしい。けれど、身体の奥では早くも次の熱を欲しがっている。

爪先で立って自分からキスをねだり、蓮は囁いた。

「拓也さん……次のコマンド、出して」

「煽ってくれるじゃねえか」

不敵に笑い、拓也がゆったりと動き始める。

このままずっと愛し合いたい。

コマンドを出されても、出されなくても、自分なりの愛し方で、拓也を支えていきたい。

誰よりも強いグレアを発するＤｏｍなのに、こころのどこかにやわらかで脆い部分を持ち続ける男を。

「そういうところ、好きだぜ」

胸中を読んだかのように拓也が熱っぽく、淫らに微笑む。

ふたりの声がせつなげに交じり合い、湯気の立ち込めるバスルームに響いた。

あとがき

初めまして、またはこんにちは。秀香穂里《しゅうかおり》です。

初めてのDom《ドム》／Sub《サブ》ユニバースです！　根底にSM要素があるので、もう最初からノリノリでした。コマンド、楽しかったです。グレアについてはオリジナル設定ですので、ご了承くださいね。

大胆不敵で素敵なイラストを手がけてくださったウエハラ蜂《はち》先生。圧倒的なオーラを放つ表紙からドキドキしてしまいました。色っぽくて、なおかつ格好良くて、ほんとうに見とれてしまいます。お忙しい中、ご尽力くださいましたことに深く御礼を申し上げます。ありがとうございます！

担当様、チャレンジさせてくださって嬉しいです。今後ともよろしくお願いいたします。

そしてこの本を手に取ってくださった方へ。始まったばかりのDom／Subユニバースの世界ですが、とても好きな要素が詰まっているので、また挑戦したいです。最後までお読みくださり、ほんとうにありがとうございます。ご感想やご意見、ぜひ編集部やツイッターでお聞かせくださいね。

それでは、次の本で元気にお会いできますように。

Twitter@kaori_shu

CROSS NOVELS既刊好評発売中

仕上げに——噛むぞ

ベビーシッターは
溺愛アルファと天使に愛される

秀 香穂里

Illust 上原た壱

ブラック企業で働くオメガの凛は公園で寂しげな幼児・はるみを時折見かけるようになった。ある日膝を擦りむいたはるみの手当をしたことから懐かれ、彼の保護者であるアルファの芹沢と出会う。恋などしたことのなかった凛だけれど芹沢と目が合った瞬間から身体の奥底が甘くピリピリと刺激されてしまい——。初めての感覚に戸惑う凛に芹沢ははるみのベビーシッターになってほしいと求めてきて…!? 凛の人生は天使のようなはるみと蠱惑的なアルファ・芹沢に薔薇色に変えられる♥

CROSS NOVELSをお買い上げいただき
ありがとうございます。
この本を読んだご意見・ご感想をお寄せください。
〒110-8625
東京都台東区東上野2-8-7　笠倉出版社
CROSS NOVELS 編集部
「秀 香穂里先生」係／「ウエハラ 蜂先生」係

CROSS NOVELS

僕のDomを見せつけてもいいですか？

著者
秀 香穂里

2021年10月23日　初版発行　検印廃止

発行者　笠倉伸夫
発行所　株式会社　笠倉出版社
〒110-8625　東京都台東区東上野2-8-7　笠倉ビル
[営業]TEL　0120-984-164
FAX　03-4355-1109
[編集]TEL　03-4355-1103
FAX　03-5846-3493
http://www.kasakura.co.jp/
振替口座　00130-9-75686
印刷　株式会社　光邦
装丁　磯部亜希
ISBN　978-4-7730-6310-3
Printed in Japan

CROSS NOVELS